Províncias

Marcelo Canellas

PROVÍNCIAS

CRÔNICAS DA ALMA INTERIORANA

GLOBOestilo

Copyright © 2013 by Marcelo Canellas

Todos os direitos reservados. Nenhuma parte desta edição pode ser utilizada ou reproduzida — por qualquer meio ou forma, seja mecânico ou eletrônico, fotocópia, gravação etc. — nem apropriada ou estocada em sistema de banco de dados sem a expressa autorização da editora.

Texto fixado conforme as regras
do novo Acordo Ortográfico da Língua Portuguesa
(Decreto Legislativo nº 54, de 1995)

Editor responsável: Carla Fortino
Editor assistente: Sarah Czapski Simoni
Revisão: Vanessa Rodrigues
Paginação: Eduardo Amaral
Capa: Sérgio Campante
Fotos da capa: Márcia Foletto
Foto do autor: Lúcio Alves

1ª edição, 2013

CIP-BRASIL. CATALOGAÇÃO NA PUBLICAÇÃO
SINDICATO NACIONAL DOS EDITORES DE LIVROS, RJ

C224p
Canellas, Marcelo, 1965-
Províncias : crônicas da alma interiorana / Marcelo Canellas. - 1. ed. - São Paulo : Globo, 2013.
160 p. ; 21 cm.

ISBN 978-85-250-5533-0

1. Crônica brasileira. I. Título.

13-03891
                                              CDD: 869.98
                                              CDU: 821.134.3(81)-8
12/08/2013   13/08/2013

Direitos de edição em língua portuguesa para o Brasil
adquiridos por Editora Globo S.A.
Av. Jaguaré, 1485 — 05346-902 — São Paulo — SP
www.globolivros.com.br

*Para Laís e Zacheu
e para Pedro e Gabriel Canellas.*

Sumário

Apresentação 11

O Janeiro em que o Brasil me Perdeu 15
Sobre o Tempo que Ganhamos 17
Caminhada 19
Memória 21
Cidades 23
Cidadezinhas 25
O Guri e o Elefante 27
O Poodle e o Curumim 29
O Anjo e o Guri 31
A Casinha Escondida 33
A Morte da Vaca 35
A Última Batalha de Agamenon 37
Devaneios de uma Quarta-Feira de Cinzas 39

Dia da Criança 41
Ferrovia 43
Interiorano e Mar 45
Meu Bisnono 47
Neném Pelado 49
O Cego e a Bicicleta 51
O Sacrifício da Pandorga 53
Objetos e Sinais 55
Romaria 57
Teatro de Rua 59
A Peleja da Luz e da Sombra 61
Ariovaldo e os Lambaris 63
Clandestinidade 65
Contra a Dúzia de Dez 67
Galinheiro de Gato 69
Lautério e o Grande Rio 73
Mecê é o Futuro 75
O Gato 77
O Homem Só 79
O Menino do Piauí 81
O Prédio Invisível 83
Pelada 85
Pequizeiro, Meu Amor 89
Tombe-se 91
Transamazônica 93
Vão de Almas 95
Viagem de Trem 97

A Igreja 99
A Moça e a Chuva 101
A Rainha do Balé 103
A Voz do Brasil 105
Baile de Campanha 107
Cine Independência 109
Crônica do Beija-Flor Errante 111
Férias 113
Impressões de Andarilho 115
Meio-dia 117
Memória de Professora 119
O Buracão 121
O Homem-Tartaruga 123
O Leiteiro 125
O Malino 127
O Relógio 129
O Terreno do Luís 131
Romaria do Sertão 133
Teresa numa Rua de Lages 135
A Chaleira de Blau Nunes 137
A Doença do Atraso 139
A Omissão do Brasil 141
A Praça 143
Banho na Floresta 145
Bigode 147
Celebridade Vacum 149
O Homem que Fez Fernando Henrique Rezar 151

Sobre a Fé...153
Sobre Mangas e Cajus..155
Crônica Provinciana..157

Agradecimentos...159

APRESENTAÇÃO

> *"Eu sou um pobre homem da Póvoa do Varzim."*
> Eça de Queirós, carta a João Chagas

> *"Eu sou um pobre homem do Caminho Novo das Minas dos Matos Gerais."*
> Pedro Nava, Baú de ossos

Charles Baudelaire afirmou, certa vez, que a pátria é a infância. Ernesto Sabato, referindo-se a Baudelaire, garantiu que também escrevia sobre a realidade que sofreu e de que se alimentou, isto é, sobre a pátria. Concordando com o poeta francês, o romancista argentino disse que, se o escritor viaja, "que seja para submergir, paradoxalmente, no lugar e nos seres imaginários de seu próprio rincão".

Sobre o que escreve um sujeito que é, ao mesmo tempo, um repórter peregrino e um cronista provinciano? Viajo profissionalmente há 25 anos. Meu primeiro trajeto foi percorrido de carro e durou cinquenta minutos, de Santa Maria a uma roça no alto de uma coxilha, em Silveira Martins, na região central do Rio Grande do Sul, onde um colono de ascendência italiana conseguiu a proeza de colher uma batata-inglesa do tamanho de uma melancia. Desde então, zanzei bastante por aí, catando histórias pelo caminho.

Vi Fidel Castro soprar a velinha do aniversário de nove anos de um menino náufrago numa escolinha rural, perto de Havana. Ganhei uma imagem de Nossa Senhora das Dores das mãos de Shenouda III, o papa da Igreja Ortodoxa Copta de Alexandria, no Egito. Em Cartagena de Índias, no Caribe colombiano, sentei à mesa de Gabriel García Márquez, tomei sopa com ele e o vi desligar o aparelhinho de surdez para não ouvir perguntas sobre *Memórias de minhas putas tristes*, o romance que o Nobel de Literatura estava concluindo e sobre o qual não queria falar.

Testemunhei os efeitos de um terremoto no Haiti. Vi uma floresta tropical desaparecer nas voltas de um furacão na Nicarágua. Enfrentei uma tempestade equatorial a bordo de um barco de passageiros no rio Amazonas, em que caboclos e xamãs se agarravam ao mastro chorando de desespero. Na entrevista mais desconcertante de minha carreira, ouvi uma senhora predizer a própria morte, de fome e de cansaço, do parapeito da janela de sua casa de pau a pique, num vilarejo do Vale do Jequitinhonha, em Minas.

E escrevendo sobre isso tudo, nos quatro cantos do mundo, nunca deixei de escrever sobre mim mesmo, nem de sair da rua descalça perto da casa de meus pais, onde aprendi a jogar bola e a andar de carrinho de lomba. Quando Santa Maria virou manchete internacional por causa do incêndio que vitimou 242 pessoas, eu voltei à minha cidade para escrever mais uma história. Claro, escrevi sobre mim. Mas não importa o lugar, não importa a história;

em todas elas há a mesma grandeza, a mesma vilania, com toda a impureza e a contradição da condição humana que meus olhos de menino aprenderam a enxergar. O livro que você tem nas mãos é, em 70 crônicas, uma viagem às províncias da alma de um pobre homem de Santa Maria da Boca do Monte.

O Janeiro em que o Brasil me Perdeu

Eu hoje tenho vinte anos e quero me divertir. Meus pais estão dormindo em casa e amanhã haveria um churrasco. Eu tenho a vida pela frente e quero mudar o mundo. Mas também quero namorar, dançar, rir, andar a esmo com amigos nas lombas íngremes da minha cidade. Eu sou feito da bafagem úmida da Serra Geral, dos morros que circundam a Boca do Monte, do eco metálico dos trilhos de outrora, da lembrança ancestral da Gáre onde meus avós trabalhavam.

Ainda que eu não tenha nascido aqui, eu tenho o viço púbere do futuro. Eu posso ter vindo das barrancas de Uruguaiana, das campinas de São Borja, das grotas de Santiago do Boqueirão, das videiras de Jaguari, de São Pedro do Sul, São Sepé, São Gabriel, Dom Pedrito, de cima da serra, não importa. Santa Maria sou eu, cidade cadinho, generosa e aldeã, que nos pariu a todos em seu útero colossal.

Eu sinto o afago do vento norte, eu vejo anciãs tomando mate na janela e cadeiras nas calçadas da Vila Belga em uma tarde quente de janeiro. Eu tenho o lastro interiorano de minha cidade, mas também as narinas abertas, os ouvidos atentos, os sentidos despertos para o que enxergo na face jovem de uma urbe sempre aberta ao novo, cosmopolita e inquieta, convidando-me para a festa da vida. Por isso celebro, brindo, bailo.

Tenho o frescor do *campus* em meus modos, a avidez universitária do saber. Recebo, faceiro e agradecido, convite do conhecimento, as portas do desconhecido a me cortejar. Como eu não quereria viver? Então entro numa boate e não tenho mais voz, não tenho mais planos, não tenho saída.

Rogo a todos os que andaram sobre os paralelepípedos da Rio Branco para me salvar. Quero correr e suplicar socorro a quem me possa acudir. A bênção, Carlos Scliar. A bênção, Raul Bopp. A bênção, velho Cezimbra Jacques, meu Prado Veppo. A bênção, Felippe d'Oliveira. Iberê Camargo, tu que estudaste no Liceu de Artes e Ofícios, ali bem perto de onde a primeira faísca espocou, a bênção. A bênção todos os artistas e poetas da Boca do Monte. Precisamos de vocês para explicar o sentido do inexplicável. Vocês, que tiveram tempo para luzir, expliquem-nos: por que temos de findar?

Como posso adormecer se mal despertei para o mundo? Como posso abdicar se não brinquei o suficiente, não amei o bastante, deixei incompleto o edifício da minha história? Eu não choro só por mim, e tampouco meu pranto cai sozinho. Minha cidade é hoje o Brasil em luto. Minha juventude perdida é o meu país, perplexo e tonto, impotente a velar meu corpo. Santa Maria, rogai por nós.

Sobre o Tempo que Ganhamos

HAVIA MAIS TERRENOS BALDIOS. E menos canais de televisão. E mais cachorros vadios. E menos carros na rua. Havia carroças na rua. E carroceiros fazendo o pregão dos legumes. E mascates batendo de porta em porta. E mendigos pedindo pão velho. Por que os mendigos não pedem mais pão velho?

    A Velha do Saco assustava as crianças. O saco era de estopa. Não havia sacos plásticos, levávamos sacolas de palha para o supermercado. E cascos vazios para trocar por garrafas cheias. Refrigerante era caro. Só tomávamos no fim de semana. As latas de cerveja eram de lata mesmo, não eram de alumínio. Leite vinha num saco. Ou então o leiteiro entregava em casa, em garrafas de vidro. Cozinhava-se com banha de porco. Toda dona de casa tinha uma lata de banha debaixo da pia.

    O barbeador era de metal, e a lâmina era trocada de vez em quando. Mas só a lâmina. As camas tinham suporte para mosquiteiro. As casas tinham quintais. Os quintais tinham sempre uma laranjeira, ou uma pereira, ou um pessegueiro. Comíamos fruta no pé. Minha vó tinha fogão a lenha. E compotas caseiras abarrotando a despensa. E chimia de abóbora, e uvada, e pão de casa.

    Meu pai tinha um amigo que fumava palheiro. Era comum fumar palheiro na cidade; tinha-se mais tempo para picar fumo. Fumo vinha em rolo e cheirava bem. O café passava pelo coador de pano. As ruas cheiravam a café. Chaleira apitava. O que há com as chaleiras de hoje, que não apitam?

    As lojas de discos vendiam *long-plays* e fitas K7. Supimpa era ter um três em um: toca-discos, toca-fitas e rádio AM (não havia FM). Dizia-se "supimpa", que significa "bacana". Pois é, dizia-se "bacana", saca? Os telefones tinham disco. Discava-se para alguém. Depois, punha-se o aparelho no gancho. Telefone tinha gancho. E fio.

    Se o seu filho estivesse no quarto dele e você no seu escritório, você dava um berro pra chamar o guri, em vez de mandar um e-mail ou um recado pelo MSN. Estou falando de outro milênio, é verdade. Mas o século passado foi ontem! Isso tudo acontecia há apenas vinte ou 25 anos, não mais do que o espaço de uma geração. A vida ficou muito melhor.

    Tudo era mais demorado, mais difícil, mais trabalhoso. Então por que mal engolimos o almoço? Então por que estamos sempre atrasados? Então por que ninguém mais bota cadeiras na calçada? Alguém pode me explicar onde foi parar o tempo que ganhamos?

Caminhada

O VELHO MOVE-SE com a lentidão tenaz e inconformada dos obstinados. Passos curtíssimos se sucedem graças ao anteparo da bengala, em cujo cabo de madrepérola ele se apoia para prosseguir. Usa um chapéu-panamá enviesado na cabeça e veste calça de linho e camisa branca.

Está só. E exausto. Decide parar à sombra da grande paineira do parque. A árvore está polvilhada com o tom róseo da floração. O velho fecha os olhos e aspira fundo, não sei se buscando recompor-se da fadiga ou catando o aroma que a flor da paina espalha no ar. Na pracinha defronte, na caixa de areia, apenas um bebê e sua babá. De repente, o guri de fraldas decide levantar-se. Cambaleante, mas resoluto, escapole da mão da moça para inaugurar sua condição de bípede.

— Andou! Andou! — gritou a babá, extasiada com o feito do piazito.

E, como não houvesse mais ninguém em volta, foi com o velho que ela compartilhou sua comoção:

— Ai, vô, pena que a mãe dele não viu! Não é lindo, vozinho?

Mesmo detestando ser chamado de "vozinho" — por que todo mundo acha que ancião é retardado? —, o velho sorriu e fez que sim com a cabeça. Era mesmo muito lindo testemunhar os primeiros passos de uma criatura. A moça foi tangendo o molequinho com os braços, sem tocá-lo, apenas precavendo-se para o caso de o bebê e seu centro de gravidade romperem o recentíssimo acordo. Ele foi indo aos tropeços e, quando parecia perder o equilíbrio, segurou-se na bengala do velho.

O encontro imprevisto os desconcertou. Ficaram estáticos, um olhando para o outro. Até que o velho, tendo uma das mãos apoiada na bengala, ofereceu a outra ao menino, que, de pronto, assentiu. Puseram-se, então, a caminhar de mãos dadas, no mesmo ritmo, no mesmo passo, aproveitando o único traço em comum que poderia haver entre o tempo vivido e a vida por viver. De longe, a babá ficou a observar a pequeníssima trajetória que o velho e o bebê tiveram que percorrer para superar a distância descomunal de tantas gerações e chegar ao ponto cruzado que une toda a experiência humana.

Memória

Tenho uma caixa cheia de caderninhos. Sou repórter à antiga, dos que ainda rabiscam num papel. Não uso iPad e não tenho Twitter. Pensando bem, eu até poderia estar *twittando* num iPhone, porque minhas anotações certamente não têm mais do que 140 caracteres. Às vezes é só uma palavra, e está ali apenas para ser o gatilho da memória. No meio de uma confusão, daquelas que a notícia adora, não há tempo para escrever muito. Você precisa é amarrar bem o fato ao cordão da lembrança. Escrevo: "furdunço", e basta para eu recordar o tamanho da encrenca. Aí é só descrever o que se passou, auxiliado pelo frescor do recém-acontecido.

Nada de mais, não é prodígio algum lembrar de algo tão recente. Mas posso me gabar de entender um texto deslocado de seu tempo e de seu contexto. Garanto que consigo. Aliás, nem texto é. Refiro-me a fragmentos de percepção: uma frase, uma palavra, um sinal rascunhado há mais de vinte anos. Minha proeza é garimpar — em cadernetas amarelecidas e atafulhadas num baú antigo — histórias inteiras, coerentes, inteligíveis. Como um arqueólogo que recompõe uma cidade perdida a partir de um único tijolo encontrado por acaso, eu sou capaz de restaurar dias vividos no engatinhar de minha profissão.

O curioso é que não lembro bem das reportagens, do que publiquei, do que escrevi à época. Meus rabiscos me remetem mais às circunstâncias e às pessoas do que ao fato em si. Dia desses, eu li: "roda-d'água", e imediatamente a memória me trouxe o Rincão dos Minello, pequeno aldeamento rural, ali na subida da serra, onde ainda vejo uma junta de bois sulcando a terra e um ancião italiano bebericando a grapa feita em casa, enquanto a água do arroio impulsiona a roda que toca o moinho.

Sobre o que era a reportagem? Não sei, não tenho a mínima ideia. A lembrança nítida é dos rostos, dos olhos, dos movimentos da família, das ações. Como estará hoje o Rincão dos Minello? Que será que aconteceu durante esses vinte e poucos anos que se passaram? E para que serve esse tipo de lembrança? Provavelmente para nada. Eu gostaria é de lembrar onde foi que deixei os meus óculos. Enquanto me ponho louco tentando encontrá-los, xingo minha falta de memória. Mentira. Eu me lambuzo de meu excesso de memória para lembranças que afagam a alma.

Cidades

Só consigo me orientar caminhando. Cidades são decifradas a pé. Zanzo a esmo quando quero entendê-las ou, ao menos, fazer o meu próprio retrato de um recanto urbano. E sou detalhista, me embrenho nos becos, subo ladeiras, corto terrenos baldios, sigo gatos e cães vadios, meus guias involuntários nas trilhas aleatórias que desenho.

Como fazer isso de carro, sempre tolhido por placas, semáforos e sinais de contramão? Automóveis não passam na porta do segredo. Mesmo Brasília, que vista do alto parece um autorama, não revela seus enigmas aos motoristas.

Só descobri nossa capital me enfronhando nas quadras e entre quadras, atalhando por seus imensos gramados onde os velhos praticam *tai chi chuan* ou jogam dama sob a sombra dos guapuruvus, onde a molecada caça cigarras a pedradas, onde a vida invisível ferve entre as avenidas.

Andando a pé, sinto cheiros. Cidades têm aromas. O Rio, para mim, tem cheiro de fruta. Mais do que de maresia, porque conheci a cidade desviando das barracas das feiras livres que se espalham pela zona sul, da madrugada até o meio-dia.

Belo Horizonte cheira a café. Sim, porque há bairros inteiros ainda não soterrados pela especulação imobiliária, onde as casas térreas espalham a carícia aromática espraiada desde a cozinha. Imagino bules esmaltados e xícaras de porcelana inglesa sobre mesas postas, e eu, que nem gosto tanto de café, tenho ganas de bater à primeira porta e implorar uma dose mínima que seja.

Cidades têm manias, trejeitos, cacoetes. Porto Alegre gosta de me pregar peças trocando quarteirões de lugar para me ludibriar. Sempre acho que a Galeria Chaves está antes ou depois do que imaginava. E aquela loja de discos antigos ora está no terceiro andar, ora no quarto. Ou sou eu que nunca presto atenção, sempre distraído com o pregão dos ambulantes?

Descobrir é bom. Mas nada como a dependência narcisista do espelho, aquele ritual de confirmação que executo cada vez que ando pelo caminho conhecido do meu território. Posso ir ao Passo D'Areia e seguir ao bairro Itararé, voltar passando em frente ao Colégio Maneco e subir a rua Riachuelo, chegando ao sobrado dos Canellas, esbaforido e satisfeito. Caminhar em Santa Maria da Boca do Monte é encontrar a mim mesmo.

Cidadezinhas

Aspiro o ar do fim da tarde caminhando ao longo do casario baixo, admirado da simetria das telhas de barro, espantado com a quantidade de toras de madeira dispostas na calçada à guisa de bancos. E o povo sentado à sombra dos cinamomos, proseando e sorvendo o chimarrão, reparando naquele forasteiro por curiosidade benigna ou jogo de adivinhação. Será que é o delegado novo? Será o novo caixa do Banco do Brasil? Aquele primo distante visitando o padre? Divirto-me com as hipóteses que minha presença estranha teria suscitado.

Passo recolhendo e retribuindo boas-tardes, buenas e olás, etiqueta de mesuras que só as pequenas cidades preservam. Só o povoamento rarefeito torna alguém que nunca vimos na vida digno de um cumprimento cerimonioso. Você cruza a pé o centro de uma metrópole e nem olha para a multidão sem rosto ao redor. Mas tente ignorar um passante solitário numa estradinha rural. Seria um constrangimento tão insuportável que, de longe, você já vai ensaiando o que dizer quando o sujeito se aproximar.

Mas a reserva de civilidade dos lugarejos tem o seu preço. Não sei por que tem gente que os acha um pouco tristes, um pouco melancólicos. É uma impressão difusa, causada pelo silêncio e pela calmaria e, acho, viciada em uma estética urbana, como se caos fosse progresso, como se agitação fosse o mesmo que dinamismo, como se o barulho trouxesse a perspectiva do bom futuro. Quantos dias eu aguentaria aqui — especulo —, sem teatro e sem cinema? Para logo em seguida lembrar que passo a semana descartando filmes e peças para me quedar espichado numa rede, ler ou receber amigos.

Moro numa cidade que me oferece o mundo e, no entanto, passo o tempo todo tentando reproduzir a vida numa chácara de Itaara. Duvido que exista alguém em Nova York que vá ao teatro todos os dias. Além do mais, nem penso nisso quando estou recostado no balcão da bodega espiando o truco na mesa da direita. E ouvindo o caixeiro-viajante negociar com o turco do armarinho. Não há dinheiro que pague esse espetáculo.

O Guri e o Elefante

Tristíssimo é desmonte de circo. O picadeiro nu, a lona enrolada, a bicharada trancada em jaulas, o espetáculo sepultado em grandes caixotes que a trupe vai estivando nos caminhões-baú. A trapezista de bobe, o domador de bermuda, o palhaço que ninguém sabe quem é: estão todos de cara lavada e séria, recolhendo trecos e varrendo lixo. O imenso estacionamento de chão de piche vai reaparecendo debaixo da vida mínima que ainda agoniza em estertores, enquanto não recolhem a última pilha de serragem.

Sentado no meio-fio da calçada, um guri maltrapilho aboleta-se na quimera de seu camarote. Circo definhando ainda é circo, um circo grátis, sem bilhete, sem catraca. O movimento distrai o guri. Ele cata e engole, ávido feito um passarinho, uma trilha de pipocas que alguém deixou cair no caminho da bilheteria.

Ao erguer-se, entre os trailers do elenco, enxerga a cabeçorra do elefante. O imenso animal está trancafiado, dividindo o espaço exíguo de seu caminhão-jaula com o colossal estoque de feno. Só o paquidérmico crânio fica de fora; deram-lhe a concessão de uma janela. O guri se espanta com os urros do elefante balançando a tromba de um lado para o outro, num movimento pendular.

Livre, o guri faminto se aproxima. Preso, o elefante saciado espera. Então, o moleque estica o braço, tromba de menino. O bicho estende a tromba, braço de elefante. Os dois se tocam com curiosidade e ternura mútua. O guri pensa ouvir uns muxoxos muito humanos do hálito irracional que emana da jaula. Afinidade inexplicável. Espiritual? Pois um espírito de porco estala o chicote no asfalto, enxota o guri e assusta o elefante. A cambada ri. Depois recolhe as últimas tralhas e enfileira o comboio. Antes da partida, o guri, escondido, se esgueira até a jaula do elefante. Estende a mão e oferece uma pipoca. Mesmo empanzinado de feno, o animal suga — de gratidão. O guri aplaude, enlevado com o maior espetáculo da Terra.

O Poodle e o Curumim

A CENA INACREDITÁVEL foi descrita por uma moça chamada Adriana do Amaral, professora de uma escola pública de ensino fundamental, na seção de cartas do *Diário de Santa Maria*: sentado na escadaria de uma loja da rua do Acampamento, bem no centro da cidade, ao lado de uma cesta contendo umas poucas moedas, um indiozinho de dois anos, invisível, oculto, ignorado, pedia esmolas. Bem na frente do curumim, um grupo de cidadãos apreensivos decidia o que fazer com um filhotinho de poodle extraviado na calçada.

Um cãozinho perdido é mesmo de dar dó. Ele podia estar com fome. E com medo. Podia estar sentindo a falta da mãe. Ou dos donos. Um pecado. Não fosse a compaixão daquelas pessoas, o poodle poderia até mesmo ser atropelado, já que um filhote assim, tão pequeno, ainda não conhece os perigos do mundo, nada sabe sobre os automóveis nem sobre a vileza alheia, não entende o egoísmo nem a indiferença.

Por sorte, o cachorrinho pôde contar com a proteção dos passantes. Por sorte, existe a lei. Por sorte, existe a Sociedade Protetora dos Animais. Basta acioná-la, para que o filhote ganhe apoio institucional. Se até os vira-latas famintos despertam a humanidade que há em cada um de nós, por que um poodle branquinho, tosquiadinho e cheirando a xampu não despertaria?

A professora Adriana ficou chocada porque achou que o filhotinho de gente talvez merecesse o mesmo tipo de comiseração que o filhotinho de cão. Mas o filhote de gente, professora, é índio. Pior, é pobre. E encardido, ranhento, maltrapilho. Não alegra as famílias nos apartamentos, nem nos livra da solidão.

Ao contrário, aquele curumim é um estorvo maculando o comércio da Acampamento, a rua mais importante da cidade, a nossa primeira rua, a rua mitológica nascida das barracas fincadas pela régia missão demarcatória, ainda no período colonial. Quem não sabe disso? Quando os fundadores chegaram aqui, não havia nada. Bem, não havia nada é modo de dizer. Havia índios. Mas isso não tem a menor importância.

O Anjo e o Guri

ERA GENTE, CLARO. Mas sempre tem alguém em dúvida, achando que pode ser estátua mesmo. No caso, estátua de anjo. Branquinha, com asas de plumas e túnica de cetim, sobre um caixote de madeira, bem em frente ao chafariz; a estátua é a novidade da praça.

Os passantes sorriem. Um grita, outro pula, tem outro que acena tentando fazê-la piscar. Nada. A estátua nem trisca. Uma velhinha cutuca, desconfiada. E, abismada com a descoberta, anuncia: — É fofo! É gente! — O povo ri.

A estátua, não. Séria, compenetrada, o mesmo olhar perdido de sempre. Um cachorro cheira, um policial roda o cassetete, um pombo faz cocô na asa esquerda do anjo. Nem assim. A estátua mantém-se impávida, imóvel, ensimesmada em sua estática condição. Uma bela mulher para a dois palmos do empedernido e alvo nariz. Sorri, graceja, joga um beijo. Mas recebe em troca uma solene indiferença. Um gaiato grita:

— A estátua é bicha!
Um espírito de porco joga água do chafariz, molhando o tecido acetinado. Nem tchum. A estátua não liga. Quem vem em sua defesa, brandindo a sombrinha, é a mesma velhinha que a cutucou:
— Mais respeito com os anjos!
Um grupo de colegiais irrompe, fazendo chacrinha na praça. Pois nem o bulício adolescente e estridente da turba tira a concentração da estátua. Todo mundo fica espantado. O gaiato, o espírito de porco, a moça linda, a velhinha brava, o policial, os colegiais e todos os passantes. O povo vai jogando as moedinhas no cesto, ao pé do caixote, com vivas e elogios para a estátua, grande merecedora do Prêmio Nobel de "Imobilidade". Vão-se todos embora. Na praça, quase deserta, resta apenas um gurizote descalço.

O moleque, talvez de uns cinco anos, maltrapilho e sujo, cansado de zanzar à toa, para defronte à estátua. Durante longo tempo, corre os olhos pela túnica, examina as asas, a cara pintada de branco. E permanece ali, parado, as mãozinhas para trás, arremedando o anjo. E o guri de rua vira um anjinho roto e trêmulo, tentando equilibrar as asinhas imaginárias. Então a estátua sorri, desce do pedestal e dá uma moedinha ao piá. Feliz da vida, o garoto corre para comprar um picolé. Só então o anjo ascende, pegando a última nuvem para a próxima cidade.

A Casinha Escondida

Era mais do que um hábito. Era um vício. Uma obsessão infantil, cada vez que a gente subia ou descia a serra. Queríamos achar a casinha escondida. Vencia quem a visse primeiro. Branca, retangular, com três janelas paralelas, a casinha aparecia num zás, surgindo detrás da mata, conforme o nosso ângulo de visão. Tinha telhado de zinco e brilhava feito uma joia nos domingos de sol. Eu e meu irmão, no banco de trás do carro, ficávamos disputando o espaço da janela para prear nossa caça no alto do morro.

A casinha era mágica, mudava de lugar. Às vezes, meu irmão a via primeiro, às vezes eu. Pedíamos ao pai: "Vamos lá na casinha escondida!". Devia ter uma estradinha, um caminho remoto, uma picada, uma trilha perdida. Sonhávamos com uma passagem secreta como a da caverna do Batman. O pai desconversava, deixava para o outro fim de semana; e a promessa sempre adiada nunca se cumpriu. Hoje entendo que ele queria manter o encanto. Fez bem. E se fosse só uma sala de máquinas? Ou um depósito de lixo? A casinha escondida despencaria no vão escuro da decepção.

Mas, no fim de semana passado, me decidi: já estou grandinho, posso aguentar o tranco, quero saber o que tem na casinha escondida da minha meninice. Pensei em apanhar um táxi e ordenar ao chofer: casinha escondida! Como? Não sabe? É só tomar o caminho da infância e ir reto toda a vida. Lá da faixa, só a veremos pequenininha.

Mas, quando nos aproximarmos, serpenteando em volta do morro, a casa vai assumir seu tamanho real. Ou talvez seja mesmo ínfima, já que as crianças aumentam tudo. Partimos. O motorista zanzou serra acima, serra abaixo. Varri o olhar pelo morro inteiro. A casinha estava mais escondida do que nunca. Ou será que foi demolida? Ou será que nunca existiu? Só então fui tomado pelo assombro de uma súbita revelação: cheguei atrasado. Olhei pelo retrovisor o reflexo da placa indicando o impossível caminho: CASINHA ESCONDIDA: ENTRAR TRINTA ANOS ATRÁS.

A Morte da Vaca

A Brasina pediu, né? Mansa desde novilha, deu para meter coice e chifrada à toa. Esclerosou. Pois combinaram de carnear a vaquinha. Amélia ainda tentou interceder. Quanto pão empapuçado de nata? Quantas latas de manteiga? Quanto leite gordo cevando a gurizada? Mas o marido estava irredutível. Adão não é índio de passar vergonha e deixar barato.

Desde que a Brasina avançou, assim, do nada, feito um bólido abalroando os fundilhos do homem, a tonta cavou sua própria cova. Onde já se viu criador com medo da criatura? Adão atirou os baldes na lama e se atracou na manivela do rebolo, fazendo a faca gritar até pegar fio de degola. Brasina intuiu o mau tempo, empurrou a cancela da mangueira e ganhou o potreiro. Tomé, Jesus e Batista — o já taludo piazedo da casa — correram pra tanger a bicha, enquanto o pai passava a corda no galho firme da guajuvira, preparando o sacrifício da fujona.

Amélia pôs-se a chorar quando viu Batista, arrasado, trazendo a Brasina no cabresto. Tomé e Jesus vinham atrás, eles próprios parecendo caminhar para o cadafalso. Nem enterro de parente mereceu tanto pranto sincero. Adão, furioso com a vaca e com os da casa — mas, então, um animal merecia maior consideração do que ele? —, ultimou as providências para a morte da vaca. Trançou a corda nas patas traseiras. Ordenou que os filhos o ajudassem na empresa de suspender o bicho, que, já pendurado na guajuvira, girava sobre si mesmo sem entender o mundo de ponta-cabeça.

Ocorre que o ubre farto da Brasina vazou de chofre, respingando leite morno na cara de Adão. Ninguém sabe se foi aquela quentura líquida, se foi aquele cheiro fresco, se foi o mugido pidão da vaca. Adão apertou o cabo da faca, desceu o braço e, num só golpe, partiu a corda fazendo o animal se estabacar no chão.

— Vai-te embora, estrupício! — gritou.

E a vaca foi mesmo, sob aplausos e brados de alegria do pessoal.

— Pois, para mim, ela morreu — disse o dramático Adão.

Ele, de fato, cumpriu a promessa. Até hoje finge que a vaca não existe. A vaca, bem entendido. Que o leite da finada é bom de doer.

A Última Batalha de Agamenon

Chama-se Agamenon. Mas nada sabe sobre batalhas mitológicas ou façanhas homéricas. Serviu no Terceiro Regimento, em Bagé. E só. Agamenon é de paz. Quando deu baixa no quartel, sentou praça no ofício de pedreiro. Zanzou na fronteira, de obra em obra, até se enrabichar com uma bugra, em Três de Maio. A obrigação de criar os cinco filhos que vieram fez de Agamenon um homem prático. Rude, até. O coração empedrado, deserto estéril, não tolera raiz; a morada da família é onde há serviço. E foi essa vida andarilha que o trouxe a estas paragens.

Empreita vantajosa, prédio de apartamentos, três andares subindo à boa. E ele, o mestre da obra, comandando a lida com a rigidez de sempre. Austero com o patrão, exigente com a peonada. Glacial. Por isso, ninguém entendeu o chamego com aquele pé de angico. Arvorezinha raquítica, já nasceu torta. E condenada. Achou de brotar justo onde o desenho previa a garagem. Agamenon adiou o corte, desviou a fundação, arredou o andaime. A sobrevida do angico persistia em medidas protelatórias.

Sitiada por betoneiras, montes de argamassa e pilhas de brita, a muda espinhenta resistia sob a proteção do pedreiro-chefe. No fim da tarde, as folhinhas cobertas com o pó da construção recebiam a chuva fresca do regador. E esterco curtido. E cerquinha de arame. O arquiteto reclamou. O engenheiro chiou. O patrão vociferou. E essa gente insensível que alimenta a especulação imobiliária sentenciou a pena capital ao angico de Agamenon. Nada.

Há casos em que a retirada é o caminho da vitória. Uma cova circular, bem funda, extraiu a planta desde a raiz. A nova casa da mudinha é o quintal de Agamenon. Verdejou ao largo do chalé alugado em seu rincão. E de tanto vê-la, assim, pequenininha, desejou chimarrear na sombra ancha de um gigante. Angico demora a crescer. Não faz mal. Agamenon espera. A última batalha é se aquerenciar.

Devaneios de uma
Quarta-Feira de Cinzas

Não havia Rei Momo. Nem duques, marqueses ou barões, porque não havia plebe nem vassalos. Éramos todos nobres da estirpe da alegria. Os holofotes não tinham foco, por isso espalhavam luz sobre todas as lantejoulas, sobre todo o cetim, sobre todas as pedras incrustadas.

E cada escola sabia que sua força vital vinha do alvoroço de suas alas, e cada ala se comprazia do lume de seus integrantes, e cada passista vivia o ápice de sua existência, porque não havia solidão na inventividade de seus passos; ao contrário, todos conheciam o óbvio: só há sincronismo na evolução quando todos pensam em quem está em volta.

Ainda assim, o Carnaval era uma festa de estímulos, em que as aptidões eram incentivadas, os talentos, fomentados, e a habilidade singular era procurada com o zelo de quem garimpa o raro tesouro das individualidades, porque é delas que é feito o nosso sucesso coletivo. Tempestades de serpentina neutralizavam o calor dos corpos, e rajadas de confete fertilizavam o chão da avenida, fazendo brotar o maná que sacia todas as fomes que o espírito humano alimenta. E, a cada salto quebrado, a cada sapatilha extraviada, a cada adereço descolado, havia o esforço mútuo da compensação.

Reparando os danos na cadência da bateria, íamos lambendo as feridas sem conter o andamento, porque queríamos que todos chegassem à apoteose. Não havia traições, não havia propina. Desconhecíamos a subjugação, os dotes, as posses. A hierarquia era estipulada pelo afeto.

Não temíamos pelos nossos filhos, que podiam brincar no meio da multidão e aprender sobre a vida, na festa do Carnaval. A morte só vinha na sua hora. Nunca por omissão, nunca por descuido, nunca por dolo, nunca por inveja, ganância ou egoísmo. Naquela nossa imensa, vastíssima avenida, havia espaço para o brilho de cada um. Vivíamos o hoje na plenitude dos nossos dias. Mas, mesmo quando juntássemos nossas cinzas, pensaríamos em usá-las para fecundar o Carnaval do amanhã.

Dia da Criança

Pensei que fosse um robô. Depois achei que fosse um boneco de filme japonês, com aquelas roupas coloridas. Acendia luzinhas e fazia barulho. Resolvi perguntar o que era.

— Power Ranger Força Animal — esclareceu o guri, impressionado com a minha ignorância.

Então, reagi tirando a surpresa do bolso.

— E isso aqui, você sabe o que é? — perguntei, enquanto enrolava a cordinha em volta da peça de madeira maciça.

O moleque espiou minha manobra com a curiosidade vívida de toda criança. Com um golpe seco, do jeito que aprendi um dia, joguei o brinquedo a esmo. A ponta de ferro quicou no chão de pedra. O guri acocorou-se para ver o giro velocíssimo. Um zunido metálico ecoou.

— O que é isso?

Nunca tinha visto um pião. Ficou ali, vidrado, infinitos segundos apreciando a rotação hipnótica. Até que o brinquedo tombou.

O guri tomou o pião nas mãos, revirando aquele objeto inanimado à procura de algum sinal de vida.

— Cadê o motorzinho?

— Existem brinquedos sem motorzinho — expliquei. O engenho humano é capaz de encontrar o lúdico na simplicidade. Então, contei que, na idade dele, eu construía carrinho de lomba com prego, madeira e rolamento de carro. E telefone sem fio. E perna de pau. E bola de meia. — Sabe aquela meia de mulher? A meia-calça que elas usam? Pois é, a gente fazia bola com aquilo.

Olhou para mim como se eu fosse doido. Sorriu com condescendência. E voltou a duelar com o Power Ranger. Mas a batalha foi breve. Com o canto do olho, cortejou o pião.

— É seu — eu disse.

O piá encheu-se de satisfação. E foi enrolando a cordinha, inquieto e travesso, enquanto corria para mostrar a novidade ao irmão. Esquecido num canto, espernando de abandono, o Força Animal protestava piscando as luzinhas. Tripudiei:

— Perdeu, playboy.

Ferrovia

Manoel Marques dá um tapa na aba do chapéu de feltro e aperta os olhinhos para apurar o foco. Aos 87 anos, gaba-se por não usar óculos.

— É lá! — aponta com o dedo, mostrando-me a linha da Companhia Mogyana. — Só ia até Uberaba. Depois de 1894 é que a espicharam até Araguari, mas, quando meu avô começou a trabalhar aqui, esta era a última estação.

Defronte ao prédio carcomido que já foi prostíbulo e agora é loja de material de construção, Manoel — terceira geração de ferroviários da família — lamenta o ocaso da estrada de ferro. A companhia privatizada derrubou prédios antigos, extinguiu o trem de passageiros e surrupiou o charme do bairro operário.

— Só quem vive numa cidade ferroviária sabe a amargura que sinto. Logo eu, que comecei como maleiro, apanhando a bagagem do povaréu que lotava a estação — diz o maquinista aposentado, enxugando os miúdos olhos azuis.

Vejo, no lenço branco tirado da lapela, uma maria-fumaça bordada no cantinho e sinto um desejo cúmplice de consolá-lo. Quis dizer que meu bisavô Jerônimo, operário fugido da fome que assolava a Itália, era ferroviário no Rio Grande do Sul. Quis falar de Santa Maria da Boca do Monte, da bela estação ornamentada pelos morros, das charretes paradas no largo à espera da multidão de passageiros que vinha da capital ou da fronteira.

Quis falar de meu próprio tempo e de minha própria alegria — já com a Rede Ferroviária Federal em agonia — ao ouvir o longo suspiro da locomotiva, o tiritar dos ferros, o grito metálico do breque fazendo o trem parar aos poucos na gare. Era tempo de grana curta, não podíamos pegar o Húngaro, mais moderno e mais rápido. Íamos de trem comum, nos bancos de madeira da segunda classe, à espera de um cochilo do bilheteiro para ocuparmos as poltronas estofadas do vagão da frente. Seis horas e meia até Porto Alegre, muitas vezes dividindo espaço com frangos vivos espremidos em gaiolas, sacos de feijão e milho e famílias inteiras empilhando os móveis da mudança no corredor. A aventura compensava o desconforto.

Separados por cinquenta anos de vida, eu e seu Manoel acabamos unidos pela nostalgia. Sentamos no meio-fio da estação de Uberaba, na esperança de ouvir o apito que nossas cidades apagaram da memória.

INTERIORANO E MAR

O AR SALITRADO DA MARESIA infiltrava-se nos poros do rosto. Como aquele sopro úmido e corrosivo, glutão devorador de metais, podia me fazer tão bem? Eu passava horas sentado num cômoro bem alto, tentando avistar a África que o pai dizia estar bem em frente. Mas eu só via os navios negreiros, as caravelas e as naus piratas que ondulavam no mar bravio daqueles anos infantis.

Finquei meu porto no barranco do arroio que desaguava no oceano, bem perto da escadinha do salva-vidas. Horas a fio, mantinha meu posto de mangrulho praiano. Mas, quando soube que, do Mampituba ao Chuí, são seiscentos quilômetros de litoral formando a maior praia arenosa do mundo, quis percorrê-la a pé. Desisti quando me dei conta de que teria de atravessar a nado o rio Tramandaí e a lagoa dos Patos.

Estava frio. Era a primeira vez que íamos à praia em maio. Praia é modo de dizer, íamos é para a casa da vó, churrasco de família. O ritual clânico de argumentar gritando, falar alto até os estertores da voz, cantar desafinando, desafinar gargalhando e comer e beber em quantidades absurdas — todo aquele exagero amainava um pouco a sensação de melancolia que o disparate entre época e lugar evocava.

Praia não condiz com maio, reclamava a parentada toda, praguejando contra o vento frio e a garoa fina que nos confinava em casa e superlotava a garagem e o caramanchão da churrasqueira. Pois para mim condiz, sim.

Lembro que, anos depois, conheci o Rio de Janeiro num dia de chuva, com aquela ressaca golpeando o Arpoador, o cheiro de fruta e peixe, toda a xepa da feira do Leblon escoando nas galerias fluviais, e eu aspirando aquele odor como se fosse a emanação volátil do arroio da praia do Curumim, ali pertinho de Capão da Canoa. Gosto do mar convulsionando suas entranhas e almejo, de longe, na segurança do meu cais, levar às Índias esta minha alma interiorana.

Meu Bisnono

Aonde me levará a estradinha rural que escolhi a esmo? Zanzar às cegas pela Quarta Colônia foi sempre um desejo represado. Mas, agora, o repertório de cenas cotidianas que a sucessão de sítios e chácaras oferece à janela do carro me leva a uma captura insondável de lembranças ancestrais fugidias.

O Pasqualoto que tenho no sangue foi trazido não sei em que navio, não sei em que circunstâncias, não sei com que esperança, não sei em que estado d'alma. Sei que seu portador foi um camponês analfabeto do Vêneto, cujos braços de vinhateiro carregaram dormentes e os alinharam ao longo da ferrovia para fazer o trem chegar até a fronteira com a Argentina.

Meu bisnono Pasqualoto não era um imigrante, como tantos que firmaram querência no sopé destes morros ou nestas várzeas que agora recebem patamares de lavouras dispostas em degraus infindáveis, onde o arroz aflora eclodindo espigas e saciando a cidade. O avô de minha mãe preferiu renegar seu passado agrário nos arredores de Verona para seguir sua sina de operário andarilho no Continente de São Pedro. Nem sei onde ele está enterrado, nem sei para onde sua inquietude anárquica o levou; mesmo assim, procuro meu bisnono nos traços sulcados dos lavradores que, em pleno século XXI, ainda puxam suas juntas de boi para afofar a terra da colônia.

Adiante de Faxinal do Soturno, avisto uma agrovila abandonada, uma pequena cidade fantasma com suas casas em ruínas, um velho moinho sem telhado, e a casa paroquial — única edificação restante ainda com resquício de vida — a servir de testemunho solitário da pujança que ali um dia existiu.

Na lomba ao lado do prédio da igreja, dizem, as rochas trazem as marcas das pegadas de uma família de dinossauros. Entendi, de súbito, que as camadas de eras já vividas se justapõem como escombros de épocas sucessivas, encontrando-se no mesmo lugar para virar um único passado. Então achei o velho Pasqualoto: é a mim que vejo na pequena Itália dos colonos ceifando arroz. Meu bisnono já estava em mim.

Neném Pelado

Neném Pelado ajeita a cabeleira negra. Cabelo pintado, "que o homem tem de prezar a aparência". E ri sacudindo o queixo, o maxilar toureando a dentadura dentro da boca. Nasceu Silício, nome que o pai alfaiate ouviu num programa de rádio e achou lindo. Mas Silício — para desgosto do pai — ninguém guardava. O molequinho, que andava nu por entre as tiras de gabardine e tafetá espalhadas no chão da oficina, virou, então, Neném Pelado.

A ninguém mais causam estranheza a longevidade e a incongruência do apelido aplicado ao homem de setenta anos. É assim que os vizinhos o chamam e é assim que é conhecido em Jussiape, cidadezinha baiana às margens do rio de Contas, no sopé da Chapada Diamantina.

Neném Pelado me recebe na porta, muito bem-composto, com sandálias, bermuda de tergal e uma camiseta do São Paulo Futebol Clube. Não por ser torcedor, mas porque gosta de vestir branco.

Com o dedo, aponta para a placa pregada no coqueiro do quintal: JARDIM DO ÉDEN. O paraíso idílico de chão batido tem escassos atrativos. Um toldo de lona protege um colchão puído do rigor do relento. É aqui que ele dorme, do lado de fora, porque o barraco de adobe, inacabado e tosco, Neném Pelado mantém inabitado.

— Só sou digno de morar ali quando encontrar o que procuro — diz, entrando comigo no casebre para explicar melhor.

Banheiro, sala, cozinha, todos os cômodos órfãos de vida e mobília, peças vazias, empoeiradas. Todos, menos um. No único quarto, há uma cama branca coberta com uma colcha de cetim cor-de-rosa e adornada por almofadas em forma de coração. Na parede, gravuras com paisagens alpinas. Sobre o criado-mudo, um pequeno abajur florido.

— É para o meu amor — esclarece, voltando para o exílio autoimposto de um Éden sem Eva.

Deita-se no colchão e, debaixo do toldo, mostra a carta que escreveu para a rádio da cidade: "Senhor distinto procura coração solitário...".

Oh, damas da Bahia, ouvi o apelo do romântico cavalheiro de Jussiape, salvai a humanidade inteira, fazei soar nas ondas do rádio o golpe fatal a extirpar a solidão do vale do rio de Contas, pois, sobre a cama, há uma colcha de cetim para acomodar todo o amor do mundo.

O Cego e a Bicicleta

HENRIQUE TEM DEZESSEIS ANOS. Enxergou até os quinze, depois ficou cego. Quando o conheci, fiquei tentado a sentir pena dele. Um adolescente, tendo vivenciado a experiência sensitiva da luz, das texturas e das cores, das formas e dos contornos e, ainda retendo uma memória visual recente, ser privado de quase tudo isso, nessa fase da vida, me parece vítima de uma tremenda injustiça do acaso.

Dizem que a gente sente pena por analogia, o sentimento piedoso seria uma projeção do que poderia acontecer conosco ou com alguém próximo. Toda compaixão seria, portanto, uma autocomiseração. Pelo menos foi o que me disse Henrique, intuindo meu desconforto. Segurou meu antebraço, enquanto caminhávamos por um jardim cheirando a jasmim, para dizer que está feliz.

Eu só sentia o cheiro do jasmim, mas Henrique falava de lírios e crisântemos. Dizem que os cegos apuram o olfato, mas nem deu tempo de perguntar a respeito. Quando chegamos à garagem da casa dos pais dele, o rapaz me mostrou uma bicicleta de dois lugares. O irmão, um ano mais moço do que ele, vai guiando, e Henrique pedala. Só depois que ficou cego, me disse ele, é que passou a dar valor a sensações negligenciadas, como o vento no rosto ou o medo.

— Medo? — perguntei.

— Medo — ele me disse.

Medo e confiança em descer uma ladeira sem saber o que vai encontrar pela frente, deixando a condução da bicicleta inteiramente nas mãos do irmão. Hoje Henrique confia no irmão dele como jamais confiara antes. E também dá maior valor ao som das palavras e ao significado da linguagem.

Henrique não gosta de ser chamado de deficiente visual.

— Eu sou cego. O desvio para o politicamente correto me irrita.

Despediu-se com um abraço e, sem nenhuma sombra de amargura ou aspereza, disse:

— Não precisa ter pena de mim. Sou diferente de você. E só.

Fui embora desenxabido e com pena de mim mesmo.

O Sacrifício da Pandorga

O RABO ENLEOU NO GALHO do guapuruvu, deixando a pandorga pendurada. Quanto mais o guri puxava a linha, mais o brinquedo esperneava feito boi bravo apanhado a laço. Do outro lado da rua, eu espiava o desconsolo do moleque parado junto à árvore gigante, olhando para cima a lamentar a empreitada impossível.

Pendida, balançando ao vento, a pandorga presa pelo rabo pedia socorro. O guapuruvu solitário espichava para os lados os seus galhos altíssimos, fazendo sombra em todo o terreno baldio e chacoalhando a pandorga no mais encimado deles, caçoando do pobre guri.

Logo a turma toda estava em conferência ao pé da árvore para decidir o que fazer. Arrumaram uma taquara comprida o suficiente para cutucar o bico da pandorga, mas curta demais para atingir o nó que o rabo de celofane dera na galhada. A piazada se revezava no manejo da taquara, desferindo estocadas para tentar resgatar a prisioneira.

Eis que um golpe menos preciso trespassou a coitada. O dono do brinquedo, entretanto, estava agradecido com o esforço solidário da patota. Não consegui ouvir o que disse aos companheiros. Sei que, em seguida, saíram todos correndo, cada um para um lado. Desconfiei que voltariam e resolvi esperar.

Minutos depois, estavam todos reunidos de novo debaixo do guapuruvu, mas, desta vez, armados de estilingues. Bastou uma voz de comando para a artilharia desferir a saraivada de pedras que sacrificou a pandorga, reduzida a estilhaços de papel e gravetos partidos. Restou o rabo pendurado, ferido, desfigurado com tanto buraco. Os meninos comemoraram.

Não havia luto nem tristeza. O sacrifício da pandorga era a desforra de um revés. O guapuruvu gigante nada pôde fazer, ficou ali, parado, impotente, segurando um inútil farrapo de celofane. Os guris foram embora por um lado, e eu fui por outro, animado e refeito, louco para apedrejar minhas pandorgas cativas.

Objetos e Sinais

A TRAVESSA PINTADA à mão está sobre a cômoda da sala, feito uma joia exposta, como se estivesse na vitrina da memória. Ao passar por ela, as pessoas da casa veem a peça de porcelana entornando no chão o repertório sem fim de histórias de família.

Há objetos imunes ao desuso. Os velhos morrem, os jovens se dispersam, mas bibelôs inanimados espalhados pelas prateleiras os retêm unidos pelas reminiscências comuns. Pode ser uma caneca de lata pendurada na garagem, uma velha bengala, o retrato oval do bisavô nos vigiando com seu olhar grave.

O que pode ser mais doído do que guardar as roupas de um parente que já morreu? O que pode ser mais alegre do que entrar em casa e encontrar o casaco da pessoa amada sobre o sofá? O casaco está ali a dizer que ela já chegou, que está à sua espera, que veio antes do planejado só pelo prazer das boas surpresas. Sinais. Objetos são sinais.

Por isso, a namorada rasga as fotos e joga os presentes pela janela depois da ruptura. E lamenta o gesto intempestivo como o grande erro da vida, depois da reconciliação. Queremos guardar os sinais de afeto. Queremos atirar no lixo do esquecimento os sinais da dor. Por isso, guardamos e enxotamos objetos.

Eu prefiro as bugigangas. Tenho um baú de guardados, espécie de museu de afetos, cujas peças mais valiosas são bilhetes escritos em guardanapos de bar, uma flor achatada, fossilizada entre as páginas de um livro grosso, uns soldadinhos de chumbo, um time de futebol de botão com Pelé, Figueroa e Cruyff jogando na mesma linha e um dobrão de prata.

Sim, um dobrão, uma moeda antiga com o brasão da coroa portuguesa cunhada em relevo. Está escrito em latim. E me foi dado pelo vô Pedro, que não era meu avô, mas era velhinho e por isso eu o chamava assim. Pedro morava num cortiço ao lado da casa dos meus pais. Aos domingos, eu pulava o muro e ia ter com ele umas boas horas de causos em volta da churrasqueira de tijolos empilhados, onde o velho tostava os salsichões do almoço.

Antes de morrer, achou que devia me dar o único objeto de valor que ele julgava ter: seu dobrão de prata. Esse que guardo no meu baú. Não sei quanto vale o dobrão. Nenhum ourives pode avaliar a gargalhada rouca do vô Pedro, que me vem sempre que jogo a moeda no chão para ouvi-la tilintar.

Romaria

A MENINA ESTAVA com roupa de anjo: as asinhas de algodão, o vestidinho branco, uma auréola suspensa por engenhosa armação de arame encaixada na cabeça. O menino tinha os cabelos recém-cortados, com a franja desenhada ao feitio dos monges, e vestia uma túnica marrom para parecer com são Francisco de Assis. Andavam de mãos dadas, a passo curto, de modo a acompanharem o ritmo do pai, um homem muito magro e compungido, choroso e aflito, que cumpria o percurso de joelhos e com as mãos unidas em oração.

Eu devia ter uns seis ou sete anos, e aquela era minha primeira romaria. Nunca pude esquecer o sacrifício daquele homem e os olhos conformados das duas crianças compulsoriamente agregadas àquela quitação de dívida; talvez uma promessa atendida, talvez uma graça alcançada ou, quem sabe, apenas o hábito da contrição estimulado pelas culpas tantas da vida.

Como somente o homem parecia sofrer, eu deduzi que era ele, e não as crianças, os atendidos pela misericórdia divina. A anjinha brincava com as suas asas, o são Francisquinho se distraía cortejando o carrinho de algodão-doce que acompanhava a procissão. Só o pai chorava e lacerava os joelhos no asfalto.

Mas eu me condoí menos dele do que dos meninos, porque estavam atados à prisão do ritmo lento do pai e pareciam tristes e embotados. Menti para minha avó, dizendo que estava cansado, e diminuí a passada só para acompanhar o trio de perto. Eu tinha insistido para que a vó me trouxesse para ver a santa no andor. Mas deixei Nossa Senhora se distanciar nos braços da multidão, porque agora eu só queria ver a anjinha e o são Francisquinho velando o sofrimento do pai. Quando, enfim, chegamos à antiga igreja da Medianeira, me perdi deles. Assisti à missa e, na saída, a vó os avistou.

— Olha lá os beatos!

Fomos até eles, e o homem nos falou de fé e do poder de Deus. A vó ouviu e, depois, foi comprar três pratos de risoto. Perguntei por quê, e ela me disse:

— Porque os coitados são pobres e estão com fome.

Não entendi como é que Nossa Senhora não providenciava a saciedade dos devotos. E por que Deus, vendo uma anjinha e um são Francisquinho com fome, não fazia chover maná? Então, vendo os beatos a sorrir no colo do pai, percebi que há pequenos milagres ao alcance da mão. Nossa Senhora da Medianeira que me perdoe, mas minha avó também era milagreira.

Teatro de Rua

A casa não tem pátio nem portão, é grudada à calçada como as casas de antigamente, em que a porta da frente beija a rua sem mesuras nem preliminares. A mulher está debruçada no peitoril da janela, três metros à esquerda da porta. Está imóvel. A luz da tarde incide sobre sua face e faz sua serena figura aparentar-se a um quadro expressionista, madona ensimesmada e alheia numa aquarela austera. Tem, talvez, sessenta anos. Mãos nuas, sem anéis nem aliança, e unhas bem lixadas, mas sem esmalte.

No alto da cabeça, prendendo os cabelos bem puxados, um coque. Quem espia da rua não vê nada no cômodo apertado onde ela está, a não ser uma imagem do Sagrado Coração de Jesus na parede do fundo. Nada mais importa a ela além do movimento da calçada. Pousa uma xícara na concha das mãos, como se o café forte, passado em coador de pano, estivesse descansando, e não a boca, dado o ardor da água aquecida demais.

O tempo entorna pelo bairro, e tudo segue o planejamento ordinário e esperado da rotina de todos os dias. Mas eis que o fortuito corrompe a ordem quando um sujeito esdrúxulo, de cara pintada de branco e chapéu-coco, irrompe na esquina saltitando e cantando. A mulher mete a cabeça para fora da janela para ver melhor. Mas, quando o tipo se aproxima, ela recua feito uma presa ameaçada. O homem para bem na frente da casa dela.

— Ó bela senhora, chegou o teatro agora! Vem rir e chorar comigo, vem! — grita o cômico, estendendo a mão para entregar o panfleto da pantomima de rua.

Mas a mulher se afasta como se estivesse em frente ao cão. E fecha a janela tão depressa quanto pode. O mambembe sorri, dá de ombros e vai embora. Condenada à pena máxima da solidão, tempo insondável que a cada um compete, a mulher permanece trancafiada o resto do dia.

Mas, à noite, sonha. Dança com o cômico de cara branca no estrado do picadeiro. Quando acorda, de manhãzinha, abre a porta da frente, aflita. Mas o panfleto não está mais no chão. Decepcionada, entra em casa, solta os cabelos, pinta as unhas e debruça-se na janela para esperar. Pensa: todo mundo merece uma segunda chance.

A Peleja da Luz e da Sombra

Do alto do píer, padre Lindoval faz o sinal da cruz. É o último gesto antes de dar um salto acrobático e, com invejável precisão, pousar suavemente a planta dos pés no convés da embarcação ancorada no porto de Abaetetuba, no Pará.

Lindoval é um vigário sem púlpito. Sua paróquia, a Nossa Senhora Rainha da Paz, não tem matriz. É o barco *Povo de Deus II*, onde ele agora se acomoda na proa, que faz as vezes de igreja. Abaetetuba ficou tristemente conhecida em todo o Brasil como a cidade onde uma adolescente foi jogada dentro de uma cela masculina e estuprada sistematicamente por vinte presos durante quinze dias.

A brutalidade, com o consentimento e a omissão das autoridades locais, ganhou as manchetes dos principais jornais do país. Abaetetuba é uma das pontas da malha do comércio ilegal de drogas no norte do Pará, além de ser entreposto de mercadorias contrabandeadas e ponto de embarque do tráfico de mulheres para o Suriname.

Mas é também a cidade dos artesãos, dos pescadores, dos ribeirinhos. De gente decente. E da igreja flutuante de Lindoval, o padre caboclo. Ele tem 57 capelas sob sua responsabilidade, espalhadas pelas ilhas da região. Visita cada uma delas pelo menos três vezes por ano.

Quando o vigário chega, é uma festa. O pessoal liga o "conjugado" o dia inteiro, uma engenhoca que funciona como motor de barco e gerador de energia. Normalmente, o conjugado só funciona das 6 da tarde às 9 da noite, para que o povo veja as novelas e o *Jornal Nacional*. Depois, ou fica-se no escuro, ou então à base de lamparina de querosene, que o óleo diesel está pela hora da morte.

Mas hoje é exceção, é dia de visita pastoral na comunidade de Nossa Senhora das Graças do Rio Ajuá, e ninguém liga para a gastança. Somos todos recebidos com fartas tigelas de turu, uma iguaria regional que comi com gosto e que só depois soube tratar-se de um molusco conhecido como o viagra da Amazônia, por causa de suas propriedades afrodisíacas. Padre Lourival não se fez de rogado e comeu também. Depois batizou 27 crianças, celebrou um casamento e abençoou a caboclada do rio Ajuá. Quando partimos, a bordo do *Povo de Deus II*, pensei comigo: "Quando é que esse país luminoso vai vencer o Brasil sombrio?".

Ariovaldo e os Lambaris

ARIOVALDO GOSTA DE PESCAR. Quando fecha os olhos, ainda vê lambaris saltitando na sombra da vereda do buritizal. Os irmãos cruzando os caniços no veio d'água, as linhas enredadas em fuzarca, puro bulício de guri, o divertimento das tardes mormacentas. "O cerrado baiano é quente", ele explica, ainda com as pálpebras coladas, descrevendo o cenário remoto retido no oco da memória. Depois desperta da viagem, jogando a esmo o cinza triste daqueles olhos sertanejos.

Quando o seu olhar encontra o meu, desconcerto-me. Então ele se ajeita no assento e, com impulsos ritmados, com a destreza da experiência, movimenta as rodas da cadeira, cruzando o corredor da enfermaria 23 do Hospital Geriátrico Dom Pedro II. Caminho a seu lado, em silêncio, remoendo minha próxima pergunta, temeroso em furungar velhas feridas. Antes disso, o próprio Ariovaldo põe-se a falar.

Da saudade dos irmãos (onde andarão?), da Bahia, da roça de mandioca que um dia deixou para trás, do luzeiro hipnótico daquela noite longínqua em que chegou a São Paulo pendurado na boleia de um caminhão. Foi de tudo um pouco: servente de pedreiro, camelô, gari.

O tempo passou tão depressa que ele deixou escorrer, em alguma fenda da lembrança, a razão de estar aqui. Não sabe como foi nem quem o trouxe. Não recorda do dia nem em que circunstâncias. Chegou desacordado, anêmico, fraco. E sem documento algum. Só no terceiro dia de internação é que lhe veio o nome: Ariovaldo. Depois foi recolhendo os cacos do passado para montar a paisagem de sua infância.

Nada mais sabe sobre si mesmo. Dez por cento dos velhinhos internados no Dom Pedro II encontram-se na mesma situação: não têm documentos, não sabem quem são, não conseguem informar nada sobre sua suposta família.

Aos poucos, o serviço social do hospital vai elucidando inacreditáveis histórias de puro abandono. Ariovaldo e seus colegas passaram uma existência inteira no limbo da cidadania. Ao que parece, nenhum deles tem registro de nascimento.

Para o Estado brasileiro, nunca existiram. O hospital está providenciando o registro tardio, compensação prevista em lei. Ariovaldo agradece, mas o que ele quer mesmo é pescar. Então, fecha os olhos e tira mais um lambari da vertente límpida da saudade.

Clandestinidade

Adilson Araújo vive a esdrúxula condição de trabalhar na clandestinidade sem nem sequer desconfiar. Sua jornada é clandestina, sua ocupação é clandestina, mas ele não sabe disso. Afinal, fez concurso público, trabalha para a prefeitura da cidade paraense de Anajás, na Ilha de Marajó. A missão de Adilson é cuidar da pista de aterrissagem municipal, uma faixa de cimento cheia de buracos e calombos, com cerca de oitocentos metros de comprimento e dez de largura. Como descem poucas aeronaves, a pista virou a rua principal de Anajás.

O isolamento da cidade, por onde só se chega de barco, de avião ou de helicóptero, limitou a frota automotiva a uma ambulância, um ônibus escolar, três tratores e um táxi — um Gol 1983 —, o único carro de passeio existente no município. Mas existem centenas de motocicletas e milhares de bicicletas trafegando o dia inteiro pela pista-rua. Esse é o problema de Adilson. Quando um avião se aproxima, ele sai desesperado gritando e batendo palmas para espantar pedestres, ciclistas e motociclistas de modo a deixar o espaço livre para o pouso. É um pandemônio.

— Eu já pedi uma sirene. Mas o prefeito nem liga — queixa-se, amuado.

Aliás, a tal pista é de uso quase exclusivo dos políticos. Eles vêm encontrar correligionários ou oferecer favores levando doentes para Belém, esperando, quem sabe, que a gratidão venha no futuro em forma de votos.

Adilson ganha um salário mínimo. Com esse valor ao mês, além de cuidar da pista, ele passa o dia aguardando ligações das empresas de táxi aéreo de Belém. Elas avisam quando as aeronaves saem de lá para que Adilson prepare o pouso com antecedência. O espantoso dessa história toda é que o abnegado barnabé tornou-se clandestino por obra de um conluio entre a prefeitura, as empresas de táxi aéreo e a própria Infraero.

São todos cúmplices de uma ilegalidade: a pista de Anajás não está catalogada e, portanto, não existe no Brasil oficial. Mesmo assim, os pilotos, quando vão para Anajás, informam uma rota fictícia, a Infraero finge que acredita, e a prefeitura finge que mantém uma pista dentro dos conformes. É um faz de conta apalavrado. Não está em papel nenhum. Se você disser que é jornalista e perguntar, as empresas dizem que não vão para Anajás, a Infraero afirma que não sabe de nada, e a prefeitura é até capaz de dizer que a pista está desativada.

Mas quem quiser ver um Brasil clandestino funcionando impunemente, é só se dirigir à pista-rua de Anajás. O dedicado espantador de gente, bicicletas e motos estará correndo esbaforido enquanto espera mais um avião.

Contra a Dúzia de Dez

Deixaram o papelzinho na minha caixa de correio. Estava escrito assim: disk-ovo caipira. delivery. Telefonei para o número impresso, e a atendente explicou que, para o pedido mínimo de dez ovos, um furgão vem da granja até a minha casa para deixar a encomenda. É a velha e boa entrega em domicílio, só que metida a besta. Alguém achou que inglês é chique sem se dar conta do quanto é ridículo chamar o serviço de entrega de ovos caipiras de "delivery".

Mas não sou contra as palavras estrangeiras. Sou contra a dúzia de dez. É cada vez mais difícil encontrar uma caixinha com doze ovos. Todas elas vêm com dez, assassinando uma tradição ancestral. A dúzia está sendo extinta pelo cartesianismo decimal do capitalismo.

Montei minha barricada cultural. Achei uma mercearia no meu bairro que ainda vende ovos em dúzia. É até um pouco mais caro. E eles vêm meio sujinhos de titica. Não faz mal. Dou-me ao trabalho de lavá-los um a um para salvar a dúzia do extermínio. Não sei quanto tempo essa mercearia vai durar. O dono é velhinho e concorre com um hipermercado multinacional. Mas ainda vende fiado. Tem uma caderneta escrita à mão e uma freguesia fiel à qual aderi. Mesmo pagando adiantado, pedi para botar o meu nome na lista da caderneta. Só para demarcar posição, que a briga é feia.

Mas temos aliados. Há uma infinidade de pequenos negócios que resistem à massificação monopolista, entrincheirando-se contra a monotonia e trazendo alegria ao comércio de rua. Se eu quiser fazer a bainha da minha calça ou pregar um botão na minha camisa, posso recorrer à costureira que dá expediente numa máquina Singer instalada dentro de uma Kombi, quase na esquina da mercearia onde compro os ovos.

Ela me mostrou a autorização para trabalhar e os carnês dos impostos e taxas que paga para ficar ali. É tudo gente séria, que faz questão de estar em dia com o Fisco. Mesmo os ambulantes, amoladores de facas, mascates e burros sem rabo, que recolhem garrafas para vender e fazem pequenos carretos, gostariam de sair da informalidade caso o governo se interessasse em incluir esse povo num programa previdenciário que os contemplasse.

A modernidade não estará em risco se ampararmos o engenho criativo e a iniciativa desses empreendedores intuitivos que cavam o próprio emprego. O Brasil também não vai se atrasar se eu continuar querendo um reforço de meia-sola no sapateiro da esquina, ou se eu mandar o liquidificador para o conserto naquela oficina de quinquilharias.

Digo mais: prestigiar os pequenos negócios é um dever cívico. E um trunfo contra o desemprego. Ah, sim: e uma maneira de combater essa aberração que é a dúzia de dez ovos.

Galinheiro de Gato

Fiz um galinheiro de respeito. Ficou o fino, como diria meu avô. Paredes de alvenaria, telhado de barro, piso cimentado coberto com sabugo de milho triturado. Mandei o serralheiro fazer a tela sob medida. Meu pai, que entende de criação e marcenaria, desenhou os ninhos, que saíram do papel para virar coisa feita. Seu Raimundo da chácara vizinha — debruçado na cerca da divisa e roído de inveja — não se aguentou:

— Mas então deu pra fazer mansão pra galinha, seu Canellas?

Pois foi mesmo. Minhas poucas galinhas terão tratamento VIP. Bem abrigadas à noite. Soltas e livres durante o dia para bicar o que lhes der na telha. Só peço em troca uma dúzia de ovos coradinhos por semana. Morenos por fora. Por dentro, o amarelo-ouro de uma gema sem hormônio, sem antibiótico, sem nenhuma das porcarias químicas que, dizem, infestam os ovos de granja.

Já com os pintinhos encomendados, e já pensando nas omeletes e nos ovos estrelados que doravante comeria, meu futuro como criador foi seriamente abalado por um miado. Remexendo a sacaria amontoada no galinheiro, encontrei, encolhido num canto e de olhos arregalados de pavor, um gato malhado. Olhando melhor, vi mais três minúsculos gatinhos. Só então entendi que eram uma gata e sua ninhada recém-parida. A descoberta foi um acontecimento na redondeza.

Todo mundo se comoveu com a bichana vira-latas, que, vinda de não sei onde, achou de escolher justo o meu galinheiro para dar à luz. Meus dois filhos me obrigaram a suspender o empreendimento avícola por tempo indeterminado, "para não assustar a pobre mãe".

Pois sim. A pobre mãe era, na verdade, uma desnaturada. No terceiro dia, ela sumiu no mundo e nunca mais deu as caras, deixando para mim o fardo de alimentar seus filhotes. Como é que se dá leite para um bebê-gato? Comprei uma mamadeira de criança na farmácia. Não adiantou. O bico era grande demais. Telefonei para um veterinário amigo meu. O quê? De conta-gotas? Dez vezes por dia? Senão eles não sobrevivem? Quer dizer que, além de adiar a minha criação de galinhas, eu ainda vou virar babá de gato em tempo integral?

Chamei os guris. Propus entregar os gatos para alguém que soubesse cuidar deles, mas fui asperamente demovido. Vamos ao menos mudá-los para a garagem? Negativo. Já estão acostumados com o galinheiro e podem ficar traumatizados. Ninguém liga para o meu trauma de adiar minhas omeletes.

De cabeça quente, fui tentar dormir, mas não consegui. Fiquei pensando em gatinhos com frio e com fome. Levantei, peguei o conta-gotas e fui ao galinheiro. Entre ninhos e poleiros e com os bichinhos no colo, achei que ovo demais pode aumentar a minha taxa de colesterol. O que é que têm os gatos que nos humaniza tanto?

Lautério e o Grande Rio

O REBOJO FERVILHA, revirando a massa líquida como se a água fria do rio Madeira estivesse em ebulição. Ou como se fosse um corpo agonizante se contorcendo de desespero, ávido pela paz sempre adiada. A força visceral do redemoinho que traga os sedimentos da mata é puro escárnio diante da natureza serena da floresta silenciosa, calma e submissa à fúria do rio que lhe devassa as entranhas. Lautério inclina-se na mureta do passadiço para ver melhor a convulsão do Madeira.

— Cá estou de volta, meu velho. Pensou que me tinha derrotado, não é?

O hábito de falar sozinho ou, por outra, falar com as coisas — reais e inventadas — não veio dos tempos do garimpo. Os longos meses em que ficou preso à cama, primeiro no hospital e depois em casa, é que o forçaram a buscar a companhia dos seres inanimados para enfrentar a solidão da invalidez. Mas, com o Madeira, a conversa ganha a tensão e a intimidade dos cúmplices que se reencontram para o acerto de contas.

— Que tombo você me deu, hein? Que tombo!

O gaúcho Lautério me contou a história de um aprendiz de garimpeiro que se aventurou no mormaço setentrional da Amazônia, 25 anos atrás. O jovem mergulhou sem receios no leito minado de rebojos. O tubo de oxigênio estava bem preso, mas, com a atenção toda voltada para a tarefa de aspirar o minério, não pôde pressentir um tronco desgovernado, bólido descomunal que o atingiu pelas costas e o arrastou para longe do veio dadivoso, no vácuo da corrente que se formou.

O aprendiz não sabia mais se tinha ficado cego, se a treva absoluta das profundezas o tinha desorientado completamente ou se tinha morrido, pois não sentia mais o corpo. O rio, que o tinha engolido, resolveu cuspi-lo feito um bagaço. E foi o asco do Madeira que o salvou.

— Então esse garimpeiro era você? — perguntei.

— Ou o que restou de mim. Veja. — Apontou para as cicatrizes no rosto e para a perna semiparalisada. — Foram quinze cirurgias e incontáveis sessões em uma câmera hiperbárica para a descompressão do sangue.

— E por que você voltou?

Lautério ignorou a pergunta do repórter desconhecido, virando-se para a popa e jogando os olhos na marola da propulsão do motor. Talvez para rir de uma ironia. Talvez para encarar o adversário superior com o respeito que os grandes contendores têm um pelo outro.

Mecê é o Futuro

Olhar as placas é uma diversão. Saio da BR-232 e entro em Vitória do Santo Antão. No entroncamento, encontro a indicação para Paudalho. Mais adiante, as setas para Chã de Alegria, Carpina, Lagoa de Itaenga e Glória do Goitá. Paudalho é a compactação de pau-d'alho, imagino, árvore comum na zona da mata pernambucana. Chã é palavra que não se usa mais, sinônimo para planície ou platô, e que torno a ver em outra placa grafada como Chan, de um português arcaico teimosamente vivo também no falar dos lavradores. Quando pergunto como chego a Glória do Goitá, uma senhora de mil anos, curvada ao peso de uma enxada de mil quilos, aponta para a subida íngreme de chão batido.

— Mecê arribe acolá.

Quase dou um beijo na velhinha enrugada. Acolá já é ótimo, mas "mecê" é uma maravilha. Nunca tinha ouvido assim, em pessoa, o fragmento restante da expressão "vossa mercê". Para mim, era só literatura romântica. Não. Está viva em Pernambuco.

Tomo o rumo de Glória, que é do Goitá por causa do rio que os índios chamavam de Gua-ita (pedra baixa). Nossa Senhora da Glória é a padroeira do lugarejo erigido no século XVIII em terras que um dia foram da capitania de Duarte Coelho. Desconfio que a paisagem rural tenha mudado pouco nos últimos quinhentos anos. A monocultura da cana-de-açúcar persiste numa variação do patriarcalismo colonial, refundado em novas oligarquias que concentram renda e poder político nas mãos das mesmas famílias de sempre.

Sem perspectiva, a maioria dos jovens pobres da região ainda quer ir para São Paulo. Mas há os que insistem, apoiados pelos movimentos sociais da Igreja católica e por programas de geração de renda de ONGs. Uma dessas iniciativas reabilitou o maracatu de raiz, dança típica embalada por vigorosa percussão.

Mas o que toca na rádio Difusora Municipal é um inacreditável repertório de funks e, principalmente, o "rebolation". A molecada se contorce ao som da letra (?) dessa música (?) baiana que empesta as rádios de norte a sul do Brasil:

— É o rebolei-chom-chom! É o rebolei-chom-chom!

É implacável o ataque ao Pernambuco arcaico que se defende em suas trincheiras ancestrais. Resistirá? Olho para o guri, vestido de caboclo de lança do maracatu, e grito:

— Salve, guerreiro! Mecê é o futuro!

O Gato

O DIA ROMPEU DE CAMBULHADA, com um fio solar esgarçando a frincha da janela e alvejando o rosto, os olhos despertos pelo clarão. Enterrou a cabeça debaixo do travesseiro, mas a voz de Xororó gritou. Ou foi a de Chitãozinho, tanto faz, a raiva é a mesma, e o radiorrelógio se espatifou de novo. Juntou os cacos para levar para o conserto. *O cara da eletrotécnica deve achar que sou doido*, pensou, enquanto escovava os dentes no vaivém automático de sempre.

Engoliu o café, meteu-se no terno surrado, cogitou apanhar o carnê da prestação atrasada da TV de plasma em cima da mesa. Desistiu. "Vou tirar dinheiro de onde com esse salário de barnabé?", praguejou contra si mesmo. Que atrase mais um mês. Ô vida vazia, rotina vazia, trabalho vazio...

Abriu a porta da rua como quem vai para o cadafalso, mas tropeçou foi numa caixa de sapato sobre o capacho. A caixa miou. Abriu a tampa, e o gatinho se encolheu, arrepiado. E esta agora:

deixaram um filhote de dias na minha porta. "Tô atrasado, pô!", falou em voz alta, reclamando pra Deus. Tomou o bichano nos braços e o levou para a cozinha. Encheu um pires de leite e foi trabalhar. Na repartição, o aconselharam a livrar-se do animal.

Gato dá trabalho, suja a casa, um inferno. Isso. Ia chamar os bombeiros, a defesa civil, ou botá-lo num saco e jogá-lo no lixo. Dane-se. Chegou em casa resoluto, mas o bichinho esfregou-se em sua perna, ronronando. Afastou a perna, mas o gato o perseguiu miando. Pegou o bicho no colo e achou que podia ficar para amanhã.

Amanhã chegou, e, em vez de se livrar do gato, comprou ração e uma caixa de areia sintética, onde — o homem do armazém explicou — gato faz cocô. Melhor assim: enquanto não manda o bicho embora, mantém a cozinha limpa. Passou a acordar ainda mais cedo para dar banho, alimentar, recolher caca fedida, uma trabalheira.

Na repartição, vivia pensando num jeito de dar fim ao problema. De hoje não passa. Até que, de susto, lembrou que tinha deixado uma janela aberta. Correu para casa. Tarde demais. O gato tinha sumido. Vasculhou o bairro inteiro, pediu ajuda aos vizinhos, ofereceu recompensa, botou anúncio no jornal. Atormentou-se por quatro dias, mas, no quinto, o dono do ferro-velho achou o felino na mala de uma carcaça de fusca. Vivo e faminto. "Ô seu danado", ralhou, simulando ressentimento. Acariciou, aqueceu, alimentou, mandou botar tela em todas as janelas. E foi trabalhar. Na repartição, reclamou: gato é um inferno. De amanhã não passa, mentiu, rindo por dentro.

O Homem Só

Era para ser a foto de uma floresta inabitada. Imensa, verde, espessa. Um deserto úmido e selvagem, éden sem pecados que o homem não alcança. Foi o que me garantiu o sertanista da Funai sentado na poltrona a meu lado: lá embaixo não tem gente. Nesta parte da Amazônia, não existem aldeias catalogadas.

Encostei a lente da câmera na janela do avião. Apertei o botão. Depois fechei o enquadramento para focar o que parecia uma praia de areia alvíssima aflorando num igarapé. Apertei de novo. Tive a impressão de ver alguém. "Não pode ser", disse o homem da Funai. Revisei a tela da máquina, usando o recurso de aproximação. Estava um pouco borrado pela distorção do zoom, mas era mesmo uma pessoa. Um homem de chapéu de palha, descalço, sem camisa, de bermuda, em pé na praiazinha, olhando para cima.

Pode ser que a passagem de nosso avião tenha sido para o homem da floresta um acontecimento tão espantoso quanto foi, para nós, tê-lo encontrado no meio do nada. É um bimotor da Funai, numa rota inusual, procedimento de emergência do piloto para que pudéssemos desviar de uma tempestade equatorial. Talvez tenha sido o primeiro avião que o tal homem viu na vida. Não parecia perdido. Não esboçou sinais, não acenou, não fez movimentos bruscos. Ficou estático, com o rosto voltado para nós.

Meu impulso foi o de pedir que retornássemos para tentar encontrá-lo de novo. Impossível. Não tínhamos combustível suficiente. Fui tomado pelo desconforto de uma compaixão profunda, mas estéril. Nada podíamos fazer para ajudar o homem mais solitário do mundo, esquecido no meio de um igapó que não está no mapa. Seria um índio? Um caboclo? Um ermitão, voluntariamente desapegado, disposto a chegar ao nirvana na ausência total de contato humano? Ou será que uma mulher o aguarda numa choupana abrigada debaixo das árvores da floresta, com uma penca de filhos a esperar pelo peixe do dia?

Guardo comigo, dentro de um livro, a foto do homem da floresta. Sempre que acho que a cidade me oprime, que a humanidade está desamparada, que os justos estão perdendo a guerra pela decência e pela equidade, abro o livro e vejo a face borrada do homem da floresta olhando para cima, intuindo todos os tormentos dos quais está livre na prisão verde de sua solidão.

O Menino do Piauí

ENQUANTO ENCHE O SACO de estopa com os coquinhos catados do chão, Mailson — um guri magricela e esperto que só ele — lembra do versinho que o pai ensinou:
— Nem governo, nem patrão. Só o babaçu tem coração.

O pai de Mailson tem 54 anos e boas razões para confiar nesta palmeira abundante no norte do Piauí, que pode chegar a vinte metros de altura. Com o tronco, fez as paredes do barraco da família na periferia da cidade de Esperantina, a 180 quilômetros de Teresina. Com as folhas, o teto de palha. Do broto, tira palmito para comer. O coco, catado do chão ou apanhado em cacho, é vendido em sacos para as fábricas de óleo de cozinha. Um saco cheio por dois reais. É pouco. Mas nenhum patrão lhe paga isso.

O pai de Mailson está desempregado. Do governo, o ressentimento é ainda maior: o INSS não lhe concede aposentadoria, apesar dos dedos dos pés e das mãos entrevados por causa de um derrame. Trabalhador braçal sem braços para trabalhar, tem de pedir aos três filhos, de doze, dez e oito anos de idade, que levantem às quatro horas e o ajudem a catar coco babaçu.

Mailson é o mais velho. Vai puxando a fila na trilha da mata e animando os dois menores. Às oito da manhã, depois de quatro horas de caminhada, eu já estou exausto, empapuçado de suor e alquebrado pelo inacreditável calor do Piauí. Que as crianças continuem trabalhando sem descansar um segundo sequer não é apenas odioso, me parece totalmente incompreensível.

A Federação dos Trabalhadores da Agricultura diz que o PETI (o Programa de Erradicação do Trabalho Infantil do governo federal) jamais chegou à zona rural do estado. De cada cem crianças e adolescentes piauienses entre cinco e quinze anos de idade, dezessete têm de trabalhar duro em vez de estudar. O estado mais pobre do Brasil é onde as crianças mais trabalham.

Pergunto a Mailson se ele acha que é mais criança ou mais adolescente. Ele pensa um pouco e palpita:

— Bem, se eu brinco, sou criança, né?

— É — respondo —, claro que é. — Então ele sorri e convida os irmãos para fazer uma roda de bobinho comigo, chutando um coco pra lá e pra cá numa clareira entre as palmeiras da mata. Finjo que não alcanço, viro bobo perpétuo, e eles rolam o coco de pé em pé, em linha de passe, numa jogada magistral. Mailson está prestes a fazer um gol e agora vê, nos dois sacos cheios de babaçu que ele catou, apenas as traves desse Maracanã imaginário que hospeda o campeonato dos sonhos de qualquer guri.

O Prédio Invisível

Moro no quinto pavimento de um prédio de seis andares. Bem defronte há outro, também de seis andares. Estão face a face, os dois edifícios, separados por um jardim. Mas desconfio que pouco se olham. Posso falar por mim: o prédio vizinho não me interessa. Quase não o noto, embora passe muitas horas na varanda. É que o jardim que nos divide tem uma cesta de basquete. E duas pracinhas com bancos de madeira. E um imenso gramado com árvores já grandotas. Vês, leitor, que vida tenho diante de minha janela? Moleques jogando bola, meninas pulando corda, aposentados, cachorros, babás e bebês. Quantos pássaros! Outro dia um casal de namorados afogou-se em amassos na pracinha, sem se importar com o testemunho de dois prédios inteiros. Por que é que eu iria perder o meu tempo a reparar num vizinho cinzento e feio?

Ocorre que, em uma noite dessas, eu tive um sonho ruim e acordei sobressaltado. Peguei um livro e fui para a varanda. Na escuridão da madrugada, o prédio invisível me foi revelado por três janelas iluminadas. A quadra inteira no breu, a cidade toda nas trevas; e o mundo quase vertido em obscuridade total foi salvo por três janelas acesas em andares diferentes. Senti-me confortado por insones desconhecidos. Eu não estava mais sozinho em minha angústia notívaga, mesmo que meus três vizinhos de frente estivessem apenas fazendo serão com os papéis do trabalho, ou acudindo um bebê que acorda para mamar, ou levantando para fazer xixi. Tanto faz. São sutis e inexplicáveis as demandas de quem é expulso do sono por um pesadelo. Mesmo o acolhimento involuntário afasta o desassossego. Por isso fiquei tão abalado quando a primeira janela se apagou. Um minuto depois, a segunda fez o mesmo.

Era um fio fragilíssimo, o que agora me ligava à paz possível em uma noite morta; a única janela acesa da cidade tinha cem por cento de minha atenção e de meu afeto. O vulto de uma mulher de cabelos lisos, compridos, percorre o que parece ser a sala do apartamento. Devido à distância, não consigo ver seu rosto. Mas o modo de caminhar diz muito sobre a pessoa. Está aflita.

Acendo todas as luzes de minha varanda. *Vê, vizinha, não estás só. Olha para cá. Não te importes com os perigos de tua vida.* Tento consolá-la mentalmente, envergonhado de minha melancolia vulgar e descabida diante dos tormentos de minha vizinha. Quero retribuir, com a lâmpada de minha varanda, a luz que ela jogou sobre a madrugada triste. Fracasso. A janela da moça se apaga. A noite acaba.

Só então vou dormir.

Pelada

Bagulhão entrou de sola:

— Futebol é pra macho!

Seco é macho. Só que também é franzino de dar dó. A canela abriu de alto a baixo. Achei que ia ter de dar ponto. Mas o Seco, furioso, queria continuar no jogo pra revidar.

— Tu tá louco? — interveio o Chico, capitão do nosso time. E um cara sensato. Porque o Seco é craque. Driblador. Oportunista. Faz gol de letra toda hora. Mas, se comparar o tamanho, dois Secos não dão um Bagulhão. Chico fez a promessa à beira do campo, enquanto o Jurandir enfaixava com gaze a canela inchada e ensanguentada do nosso melhor jogador:

— A gente vai ganhar esse jogo pra ti. Fica firme aí, camarada.

Todo mundo assinou embaixo. Mas foi só por pena do Seco e por lealdade ao Chico. À vera, mesmo, ninguém acreditava que pudéssemos vencer o campeonato do bairro sem o nosso homem-

-gol. O time deles é violento. Sabe bater, com o Bagulhão fazendo o trabalho sujo. Mas isso não é o pior. O Príncipe é o pior. Quer dizer, o melhor. Ô sujeito liso! Tem uma finta de corpo que parece que o corpo fica. Mas vai. Quem fica é o marcador. Maior humilhação. Sem o Seco em campo, o Príncipe reina sozinho.

Pois agora vou dizer uma verdade: o futebol engana a gente. Naquele dia não tínhamos banco. Aliás, tínhamos o Jurandir, que, por ser meio gordinho e cego dos dois pés, foi alçado ao cargo de massagista. Fazer o quê? Melhor do que jogar com um a menos era botar o Jurandir lá na banheira, perto do Bagulhão. A camiseta do Seco no Jurandir virou a farda mais ridícula do mundo. Nossos adversários morriam de rir. No primeiro cruzamento depois do recomeço da partida, Bagulhão chutou a bola para um lado e o nosso dublê de centroavante para o outro.

— Caindo de maduro, saco de banha? — o time deles gargalhava.

Uma judiação. Não só o Jurandir não tocava na bola como virava saco de pancadas do Bagulhão. Era de um sadismo odioso. Tanto que o Chico chamou o coitado para mudá-lo de posição.

— Vai lá pra trás, Jura. Ajuda na defesa que é melhor.

Melhor? E levar olé do Príncipe? Emburrado, Jurandir cumpriu a ordem do capitão. Ninguém explica o que aconteceu a seguir: perdemos a bola perto da área deles e fomos pegos num contra-ataque. Príncipe arrancou sozinho, veloz, e só tinha o Jurandir pela frente. Era só driblá-lo. Só que a bola parou nos pés do Jurandir.

Não se sabe como, o nosso perna-de-pau aplicou um lençol desmoralizante no craque deles, que caiu sentado diante da incredulidade geral. Era uma cena totalmente descabida. Sei lá, era como

se a minha avó driblasse o Pelé. Algo assim. Desenxabido, Príncipe sumiu em campo. E ganhamos o jogo. Bagulhão até chorou no fim. Jurandir, ao passar por ele com o Seco na garupa, não aliviou:
— Futebol é pra macho!

Pequizeiro, Meu Amor

Vou confessar uma paixão recolhida. Garanto que é imprópria para um gaúcho, mas paixão não se explica. Sente-se. E só. Eis minha confissão: sou louco por árvores. Até aí, tudo bem. Por que um gaúcho teria de amar apenas cavalos? O que há de mau em se encantar com uma árvore? Nada, se essa árvore for uma figueira gigante de raízes tentaculares, ou um angico portentoso com sua copa sombreando a relva, ou ainda uma canjerana de lei no alto de uma coxilha.

Justificado seria também o flerte com uma alameda de plátanos — exóticos, mas perfeitamente aquerenciados em nosso chão pampeiro — com sua caducidade outonal cobrindo charmosamente nossas ruas de folhas acobreadas. Ocorre que me enamorei de um espécime torto e ressequido. Atarracado e enrugado. Amo um feio. Seu nome: *Caryocar brasiliensis*. Mas atende pelo apelido de pequizeiro, o pé de pequi. E aqui cabe uma apresentação, já que ele não costuma frequentar nossos jardins: não se dá bem com a geada, o coitado.

O poeta Nicolas Behr é quem me faz grande gentileza, ao relativizar a má aparência de minha paixão: "Nem tudo que é torto é errado/ veja as pernas do Garrincha/ e as árvores do Cerrado". Pronto, leitor. Se não sabias antes, sabes agora que o pequizeiro é uma árvore do Cerrado brasileiro, torta e baixa, como costumam ser as espécies desse bioma que toma grande parte das regiões Centro-Oeste, Sudeste e Nordeste.

O pequizeiro me ganhou pela fragrância. Seu fruto, parecendo um figo gigante, racha inteiro quando está maduro, fazendo eclodir uma pérola amarelada do tamanho de uma batata. Eis o pequi. Seu aroma de coco se espalha por Minas e Goiás nesta época do ano, onde as panelas de ferro o refogam mergulhado em porções de arroz e nacos de galinha caipira. Não se morde o fruto jamais. Tem milhares de espinhos por dentro! Mas roê-lo é uma delícia. *Bueno*, o pequi me ganhou pelo gosto.

Não é só. Voltemos à árvore feia. Na estação seca, se finge de morta. Aguenta fogo e estiagem. Perde as folhas. Vira espectro. Quem a vê não dá um pila por sua recuperação. Mas, na primeira chuva, rebrota como por encanto. Espalha flores arroxeadas de penachos brancos. Revive, atraindo sabiás e joões-de-barro. Teimosa, insistente, geniosa. O meu feio é um milagre. Que me perdoem os cedros e os mognos, mas o pequizeiro me ganhou pelo caráter.

Tombe-se

Ah, se minha vontade tivesse força de decreto! Ah, se por um minuto pudesse eu ter a caneta do prefeito deste meu burgo, a maioria na Câmara e a chave da gráfica! Então, no *Diário Oficial* do Município de Santa Maria da Boca do Monte, sairia impressa a exoneração da sisudez. Inapelável, definitiva. Licença? Só a poética.

Minha lei seria assim: tombem-se o friozinho de maio e o pala de lã de ovelha. Revogue-se o mormaço de janeiro. Mas mantenham-se a bermuda e a minissaia, que as moças são bonitas e merecem conforto. Tombe-se o vento norte. Pois saibam, forasteiros: nada há de mais santa-mariense do que xingá-lo. Tombe-se o hábito de puxar as cadeiras para as calçadas do Itararé, o nosso bairro ferroviário. E o chimarródromo da Presidente Vargas.

Tombe-se a fofoca das senhoras a caminho da catedral, pois o confessionário é logo ali. Tombe-se a charla dos aposentados no calçadão. E o cafezinho na galeria Chami. Tombe-se a panelinha de coco da confeitaria Copacabana. E obrigue-se a comê-la de joelhos, agradecendo a Deus por sua existência.

Tombe-se a picanha acebolada do Joaquim. E o bolinho de bacalhau do Joaquim. Tombe-se logo o Joaquim. E o Augusto. E o Vera Cruz. Tombe-se o tempero desses restaurantes lusos que engendraram o galeto de Santa Maria, pois igual não há em lugar algum. Tombe-se o Xis-tudo do Barranco. E a torta de chocolate da confeitaria Zimmermann. Por causa dessa torta, eu tombaria a rua Conde de Porto Alegre inteira. Tombem-se o cheiro de churrasco e o aroma de risoto que vêm da casa da italianada do bairro Dores. E a cerveja gelada no Ponto de Cinema.

Tombe-se a piazada vestida de anjinho na romaria da Medianeira. E a paquera dentro dos ônibus que vão para o *campus* da UFSM. Tombe-se o estádio da Baixada Melancólica, que viu o talento de Oreco nascer e ser imortalizado no panteão dos heróis do Internacional de Porto Alegre.

Tombe-se o dossel ondulante dos morros que nos cercam. Tombe-se cada estradinha rural, cada arroio, cada perau. Tombe-se a coleta da marcela na Semana Santa. Tombe-se o nosso provincianismo. E nosso cosmopolitismo. Pois é dessa mistura que somos feitos. Revoga-se toda disposição em contrário.

Transamazônica

A Transamazônica corta um deserto de capim. De Altamira a Marabá, no sul do Pará, são quase quinhentos quilômetros de campos vazios. Quando veio a estrada, foi-se a floresta. Eu era criança bem pequena, mas lembro de ouvir meu pai comentando sobre a grande rodovia que cortaria a selva. Ainda retenho a imagem do ditador Emílio Garrastazu Médici debaixo de uma árvore imensa, cercado de tratores e aspones, cortando a fita da inauguração no começo da década de 1970. Mas não tenho certeza se vi na televisão, ao vivo, ou se a memória me engana e o que vi foram imagens de arquivo anos depois. Tanto faz. Minha ideia infantil era de uma estrada sombreada, com macacos pendurados nas palmeiras e cipós tombando sobre a pista.

Eu já sabia que a Transamazônica da minha infância era só uma fantasia. Mesmo assim levei um choque. Não há cipós nem macacos. Não há palmeiras nem qualquer outra árvore em pé. Nas margens da via inacreditavelmente esburacada e enlameada, há muito pasto e pouco boi. De lado a lado, vi, seguramente, alguns dos maiores latifúndios improdutivos do país. De dez em dez quilômetros, há uma madeireira abandonada. Sugaram o que podiam, depois foram embora.

Em Anapu, onde a missionária norte-americana Dorothy Stang foi assassinada por denunciar os abusos dos fazendeiros e madeireiros, faço a primeira parada. Tomo um café na panificadora Bam Bam. Leio no quadro da parede: EU SOU A LUZ DO MUNDO, QUEM ME SEGUE NÃO VÊ AS TREVAS. Sigo adiante.

Em Pacajá, carvoarias fumegantes funcionam a pleno vapor. Avisto o Motel Requinte ao lado da funerária Zé do Caixão. E o Hotel do Gordo ao lado de outra funerária, a Pax Amazônica. Irônica convivência que sela o destino dos migrantes: vêm à Transamazônica para morrer.

Procuro um lugar menos suspeito para dormir. Na placa está escrito: DORMITÓRIO DO POVO, QUINZE REAIS. Bato palmas. Aparece a dona. Ela pede desculpas, mas só mexe com casal.

— Não é hotel de bacana, moço.

Então viajo um pouco mais. O painel de sinalização aponta a direção: SIGA PARA OURILÂNDIA DO NORTE, ONDE O NÍQUEL É UMA REALIDADE!. Decido tomar o rumo do sul, certo de que o caminho da fantasia seria muito melhor.

Vão de Almas

Nunca conheci lugar como Vão de Almas. As paredes são de adobe, e o telhado é de palha. E cada casa tem um cercadinho tosco e um roçado de mandioca. São distantes umas das outras; os vizinhos caminham ao menos vinte minutos para visitar-se mutuamente. Não há aldeamentos nem qualquer junção que lembre um povoado.

Nira Santa Rosa nasceu aqui. Ela é professora de uma escolinha rural e me diz que essa disposição das moradias é a herança ancestral dos quilombolas. Os escravos fugidos das fazendas de Goiás embrenhavam-se no cerrado e, quando encontravam um lugar que lhes parecia seguro, espalhavam-se de maneira a dar tempo de fuga ao morador da próxima maloca se o vizinho anterior fosse recapturado.

Nira, que tem 22 anos, viu um carro pela primeira vez aos doze. Foi em sua primeira viagem à sede do município de Cavalcante, ao qual pertence Vão de Almas. Três dias em lombo de burro foi quanto aquela sua viagem primeira levou. Hoje, dez anos depois, eu levo cinco horas de carro até pouco depois do Engenho, na entrada de Vão de Almas, e mais um dia inteiro em lombo de burro até a casa de Nira. Como não há estradas, não há como chegarem o telefone nem a eletricidade. Um país parado no século XIX persiste teimosamente a apenas trezentos quilômetros de Brasília.

Ainda há anciãos que jamais saíram daqui. Não porque não quisessem conhecer a vida lá fora, mas porque temem ser presos por terem herdado a acusação de desobediência de seus ancestrais, conforme lhes foi ensinado por seus pais, que receberam o mesmo ensinamento dos pais de seus pais, assim como tem sido ao longo de dois séculos de medo e privação de liberdade. É claro que os mais jovens sabem que a escravidão acabou, mas não zombam dos velhinhos. Muito ao contrário: não há uma só criança que não se dirija a um adulto sem antes estender a mão e pedir a bênção, mesura que só se desfaz quando o moleque é abençoado em nome de Nosso Senhor.

As constantes demonstrações de bons modos, cordialidade e refinamento inato me espantaram tanto quanto o modo de vida dos Kalunga de Goiás, esses quilombolas que vestem roupas de colorido berrante e, no caso das mulheres, toucas de pano cobrindo a cabeça à moda senegalesa, como se o Vão de Almas fosse um enclave africano no coração do Brasil. Dormi três noites numa rede, tomei banho de rio, comi algo parecido com vatapá com quiabo e ouvi, no sotaque aveludado e manso dessa gente, tantas histórias que anotei afoitamente e me fizeram perceber quanto me engano quando digo que conheço este país.

Viagem de Trem

Foi num bistrô de esquina. Comida boa. Depois do jantar, eu pedi um pudim de pão. Não sabia o porquê. Adoro pudim, mas tem que ser de leite, maciço e cremoso. Areado, nunca. Então o que me atraiu na sobremesa esdrúxula do cardápio? A primeira colherada aclarou tudo: aquele era o pudim do trem Húngaro. No meio do restaurante, ouvi o apito, aspirei o cheiro de fumaça, senti o reclinar da poltrona acolchoada. Em meu devaneio, vi o tapete do restaurante virar trilho e dormente. O garçom já era o bilheteiro. No quepe achatado, a sigla: RFFSA.

Parece que, quando o fio da memória é puxado pelo paladar, os outros sentidos se ouriçam. Voltei uns trinta anos no tempo, com uma nitidez espantosa. Os vidros espelhados, o jornaleiro mostrando a capa da última revista *Manchete*, o sacolejo das composições. E o indefectível pudim de pão servido depois das refeições. Levavam-se seis horas até Porto Alegre. Mas eu só viajava de trem Húngaro quando ia com o pai e com a mãe. Era mais caro. E era programa de família.

Quando eu aderia àquela horda de adolescentes interioranos que, de vez em quando, iam em excursão à capital, era sempre de trem comum. Não menos de nove horas de viagem. Ou será que eram onze horas? Nem lembro mais. Já pegávamos os vagões lotados, com os passageiros vindos de Uruguaiana amontoando a bagagem entre os pés: galinhas vivas, sacos de batata e mandioca, enxadas, panelas, cobertores enfeixados. Era assim a terceira classe. Os assentos eram de madeira, como antigos bancos de jardim, onde famílias de colonos e operários se contorciam a noite inteira tentando dormir, uns escorados nos outros.

Não ligávamos para o desconforto. A viagem de trem era uma aventura repleta de sensações desconhecidas. Prestidigitadores trapaceiros ofereciam uma grana preta a quem adivinhasse debaixo de qual das três tampinhas de garrafa estava o grão de feijão movido freneticamente sobre uma prancha de madeira. Todos apostavam. Ninguém acertava.

Mas havia muita generosidade também. E muita troca. De fiambres, de viandas, de gentilezas, de confidências. Faziam-se grandes amizades na inusitada harmonia entre vigaristas e brigadianos, freiras e prostitutas, camponeses de pés rachados e estudantes pés-rapados como nós. O micromundo da terceira classe era um aprendizado para a vida. Só faltava o pudim de pão.

Pago a conta. Vou embora do restaurante com a memória palatal da estação ferroviária de Santa Maria da Boca do Monte. Quem souber, me diga: onde eu compro uma passagem de volta?

A Igreja

José de Moisés mora na zona rural de Vila Bela, interior de Goiás. Encosta-se no aramado da cerca, de onde tira a ideia que faz de si mesmo:
— Sou firme que nem moirão de aroeira.

O vizinho diz que ele é teimoso. Mas isso é porque o único pedaço de terra da região que não virou lavoura de soja é a chácara de quatro hectares de José de Moisés. Uma ilhota de hortaliças e criação miúda. Em volta, o mar da monocultura.

O fazendeiro forçou o que pôde. Queria comprar aquela ranhura disforme que destoa da simetria da lavoura. O chacareiro não cedeu. José de Moisés é maluco, dizem os outros colonos que já deixaram o chão em troca de boa paga. O fazendeiro também acha que ele é doido. Mas eu o entendo perfeitamente. Avistei de longe, da estrada onde eu trafegava a caminho de Goiânia, a razão para o apego do chacareiro ao seu torrão. Uma igreja. Enorme, bela, em ruínas.

Quando me apresentei e perguntei que igreja era aquela, José de Moisés abriu seu sorriso de guardião e falou:

— É a capela de São Sebastião e de Santa Terezinha. Tem 103 anos!

Fiquei sabendo, então, que aquele era o único prédio remanescente de um vilarejo que, no início do século XX, teve até cinema: o povoado de Aureliópolis. José de Moisés viu tudo acabar aos poucos. As casas foram sendo demolidas junto com o passado dos camponeses. Mas a igreja, não. José não deixou ninguém derrubá-la. Como ela fica dentro dos limites da terra que seu pai, o velho Moisés, comprou nos idos de 1950, José impede o despejo de seus santos de devoção.

— Sou católico do pé rachado. Enquanto eu viver, são Sebastião e santa Terezinha vão ter casa para morar.

José diz que fazendeiro nenhum vai botar soja no lugar da capela. A não ser que a morte o apanhe desprevenido.

— É uma inimiga que ataca ao feitio da onça: sempre fora de hora e sempre à traição, nunca peito com peito.

Despeço-me. Ele me diz para eu ir com são Sebastião. Sorrio, mas penso comigo: *Fica aí, Sebastião. Que a tua casa de ti precisa.*

A Moça e a Chuva

Um suspiro erradio me escapa. Sinto o cheiro da chuva, o aroma do mormaço aplacado, do asfalto molhado entrando nos pulmões, revolvendo as entranhas e destemperando os sentidos.

    A garoa desce polvilhando a rua em gotículas miúdas, depois — numa violenta massa líquida — a tempestade desaba. O comércio já está fechado. Encontro refúgio sob a marquise da relojoaria. O estampido seco de um trovão faz o quarteirão sacudir-se inteiro. No quintal de uma casa ajardinada, vejo um cão tremendo no clarão do raio, encolhido debaixo da churrasqueira, uivando, esquecido de seu estoicismo vira-lata.

    Ouço um piado frenético e vejo, por meio da vitrina, um cuco enlouquecido entrando e saindo da casinha como se estivesse protestando contra o temporal. Depois a luz se apaga e não se vê mais nada. De quando em quando, um relâmpago interrompe o breu da noite antecipada pelo céu encoberto.

No outro lado da calçada, uma jovem senhora duela com o vento que tenta lhe arrancar a sombrinha. Partido ao meio pelos solavancos das rajadas de ar, o agora inútil objeto é jogado ao chão. E a mulher, em vez de se encolerizar com a derrota, põe-se a rir. Senta-se no meio-fio e, às gargalhadas, fica longo tempo contemplando a sombrinha quebrada. E, como ela não notasse minha presença na calçada oposta, e talvez se julgando sozinha na cidade onde nem os carros passam, vai para o meio da rua e grita como uma adolescente recém-aprovada no vestibular:

— Huuuuuuuuu!

E, rodando de braços abertos, deixa-se empapar inteira, com a água a lhe colar o vestido ao corpo. Tem uns trinta anos e é bonita, mas faz-se bela não tanto pela formosura quanto pela alegria ingênua, simples e improvável de uma balzaquiana brincando na chuva feito moleca.

Dou um passo à frente, e, então, ela me vê. Como se despertasse num tranco, constrangida ao ser flagrada no gozo de um sonho proibido, recompõe-se e some na primeira esquina. E eu, parado feito um tonto, fico ali embevecido pela memória de uma dança, culpando-me por ter posto fim a ela, enamorado por uma imagem que escorreu no bueiro junto com o toró.

A Rainha do Balé

Já era para lá da meia-tarde e um facho de sol desenhava um círculo bem no meio da estrada, fazendo brilhar aquele objeto cintilante. O velho parou o tordilho, apeou, deu um tapa na aba do chapéu enquanto se agachava, debruçando-se sobre o que parecia ser um sapatinho de cetim. Achou bonito. Era um pé só, mas a neta haveria de gostar do sapato solitário esquecido sabe-se lá por quem no poeirão da estrada. Guardou o regalo no alforje e foi-se embora a galope, satisfeito.

A guria, de fato, arregalou os olhos quando o avô, além do pacote de balas Chita — com o desenho da macaca do Tarzan na embalagem —, lhe entregou o presente inusitado. Ela nem tocou nas balas de que tanto gostava, para brincar com a novidade. O velho achou bom, feliz por seu acerto.

Primeiro ela tentou calçar a boneca. Grande demais. Depois experimentou nela mesma. Certinho. Feito uma Cinderela camponesa, saiu saltitando em volta do galpão. Era a princesa de um pé só esperando que o príncipe lhe trouxesse o outro. O velho achou graça.

Um dia, vendo a novela na TV, a guria entendeu que aquilo era uma sapatilha. Aprendeu as palavras estranhas que a bailarina da novela falava: "spacatto, plié, demi-plié".

Depois, numa revista que a mãe comprara na cidade, leu: "Vigor e delicadeza da rainha do balé". A reportagem falava de uma cubana, Alicia Alonso, que cruzou o mar para se apresentar na Rússia, uma lonjura do outro lado do mundo. Agora ela era Alicia singrando o oceano, rodopiando nos salões chiques, coberta de aplausos e louvores em russo. A bailarina perneta pulava no soalho tosco da cozinha, inventando movimentos enquanto ouvia: "Viva a rainha do balé! Viva a rainha do balé!".

O velho apreciava a molecagem, sorvendo o mate ao lado do fogão a lenha, mas teve pena do brinquedo incompleto. No outro dia, bem cedo, encilhou o tordilho e sumiu. Só voltou à tardinha, com um pacote colorido. A guria rasgou o embrulho afoitamente, para se iluminar inteira.

Nem notou que a sapatilha era de outra cor. A rainha Alicia agora era uma bailarina completa, fazendo acrobacias com os dois pés para receber o aplauso dos russos e do velho que se desmanchava de alegria no camarote instalado no parapeito da janela.

A Voz do Brasil

É BELA A MÚSICA DA FALA. Ponho-me a ouvir uma anciã goiana entoando uma receita de doce de leite como se recitasse um poema:

— Em tacho de cobre sobre fogão de lenha, despeje dez litros de leite de curral, junte um quilo de açúcar cristal, mexa sem parar durante duas horas. Tire do fogo. Mexa por mais quinze minutos. Tá pronto.

Nunca vi, em nenhum desses programas de TV que ensinam a cozinhar, tamanho didatismo, tal concisão. Parece que a melodia do sotaque aquece o doce de leite em banho-maria, realçando o sabor que o aroma adocicado já intui. Provo. De consistência mais aquosa do que pastosa, a iguaria imita o palavreado goiano, desliza na boca me presenteando um gosto novo, desconhecido, e untando a garganta com a quentura confortável recém-vinda do tacho.

A cozinha tem uma cor ocre, mimetizada nas vestimentas da camponesa, cujo único adorno colorido é um lenço vermelho salpicado de bolinhas amarelas com que ela cobre suas melenas de algodão — cabelos de índia velha — escorridos e viçosos.

O marido chega da roça e me cumprimenta com mesuras. Estamos os três a bebericar um café forte em canequinhas esmaltadas e puídas pelo uso. É falante como a companheira. E quero mais é me embeber de sua voz gutural e macia, a voz do país soando num recanto de Goiás, com o vigor retórico dos que têm o conhecimento do mundo. Está espantado por ter visto uma família de cervos do mato que há muito não via:

— Veado de bando! Vadeando! Um tropel descarreirado no meio da vereda! Pois nos "antigamentes" era justo e certo. Mas hoje? Dia especial, este, meu senhor! Arremedou o tempo em que eu levava quatro dias de marcha para dar de comer ao gado na campinota, rapinando a boia da bicharada mateira e deixando marca riscada em tronco de árvore pra saber em que vereda a boiada se abriga. Fêmea tem que amarrar com garrote. E gado de pobre tem de ser manso! — termina, quase às gargalhadas, troçando de si mesmo, rindo à toa como fazem os sábios e os longevos.

Ouço histórias da aguada da Carvoeira, das feras da Serra Pintada, de um certo coronel Machado, que morreu numa rebelião de escravos, e escuto tudo com os ouvidos de quem está num concerto, às vezes esquecendo de propósito o significado da letra para concentrar-se apenas na sua melodia. E foi de olhos fechados, diante de um casal de lavradores, que ouvi, de fato, a bela voz do Brasil.

Baile de Campanha

De longe se via um único clarão no meio do breu. Mas, antes de avistar o lusco-fusco alegre do galpão, o ouvido recebia o som distante da música mesclada ao bate-bate do velho gerador. Um suplício para o gaiteiro que competia em desvantagem. Os acordes da oito baixos sumiam debaixo do ronco da engenhoca, que, instalada ao lado do palco, espirrava golfadas de óleo diesel nos músicos.

O povaréu nem ligava. A fila se formava ordeiramente do lado de fora, no canto direito da porta, à espera da filha do patrão, que, à guisa de passe-livre, costurava um botão branco na lapela de todos os que pagavam a ninharia exigida para entrar.

Do lado esquerdo da porta, a imensa mulher do patrão, metida num vestido muitos números menor do que seu corpanzil exigia, vendia doses de perfume caseiro engarrafado em cascos de guaraná. O freguês pagava dez centavos para ganhar o direito de passar umas gotinhas no pescoço e debaixo das orelhas. E, como era um perfume só, o baile inteiro ficava com o mesmo cheiro adocicado.

O patrão aguentava até a terceira dose de canha. Depois, emborcava no sono, esparramado na banqueta debaixo de uma das janelas. Com o pai fora de combate, a moça dos botões passava a tarefa para a primeira guria que aparecesse, e punha-se a bailar a rancheira com os varões enfileirados para tomar a próxima dança.

No compasso do gerador, o estoicismo dos instrumentistas já empapados de óleo sustentava o baile noite adentro, sugerindo algo que parecia ser Teixeirinha ou Zé Mendes. Ou era uma improvisação, ou era a trilha sonora da vida daquela gente simples, que chegava de não sei onde dando a féria do dia para encher as burras do patrão napeiro, fazendo o dinheiro voltar para onde sempre volta, o bolso dos que o têm. E, no entanto, pareciam felizes, pareciam sorver cada gole da noite como se fosse a maior iguaria que a vida lhes ofertava. E era. Talvez eu fosse o único a me entristecer vendo a gente pobre daquele baile de campanha.

Cine Independência

O VENDE-SE em letras enormes na fachada do Cine Independência me fustigou por dias a fio. Até que me ocorreu: será que o proprietário não aceitaria um escambo? Como não tenho dinheiro no banco, eu poderia dar em troca o sítio onde moro. Não, quatro hectares de cascalho e mato não seduziriam um negociante de imóveis. Minhas jabuticabeiras cravejadas com as pérolas negras do meu pomar são tesouro escasso para quem quer ganhar dinheiro com um velho cinema.

Penso, então, em oferecer toda a fortuna que o próprio Independência me legou ao longo dos anos. Posso abrir a arca que guarda o tropel dos peles-vermelhas perseguindo John Wayne ou James Stewart. Logo atrás, viriam Tarzan e Fantasma, guardiões da mãe África. E todos aqueles personagens que pulavam das telas para nos fazer companhia nos circos, nas selvas e nos sete mares das nossas casas e quintais: Dumbo, Mogli, Barba Ruiva.

Posso regatear com todas as guerras estelares; posso clamar por todas as súplicas, traições, incestos, perdões e rupturas irreconciliáveis que testemunhei; posso argumentar com todos os sustos, todas as lágrimas, toda a irritação por finais previsíveis.

Certamente vale muito o hábito das senhoras aposentadas, que usavam suas tardes livres para ir à matinê sem nem sequer se preocupar em checar a programação. O que também gerava enganos terríveis, como o da minha velha tia-avó que, ao ler o título *Garganta profunda*, achou tratar-se de uma love story. Até sair porta afora depois de, logo nas primeiras cenas, descobrir que tinha love de mais e story de menos.

Posso oferecer de lambuja os festivais de música regionalista a que assisti. E — joia rara do meu baú — o beijo que roubei da minha primeira namorada num show do jovem Alceu Valença.

Vou pedir um bom desconto pelos anos em que o Independência virou igreja evangélica. Mas nem por isso vou deixar de orar para que, em caso de recusar minha proposta, o proprietário só venda o cinema a quem veja naquele espaço algo mais do que um prédio velho. Que conveniência financeira vale a cicatriz de uma cidade sem rosto?

Crônica do Beija-Flor Errante

Ouvi o zunido e vi, de rabo de olho, a pincelada espectral cruzando a janela. A mancha verde-anilada, bólido mal definido pelo vago registro visual que consegui, assumia agora sua forma estática, mas viva, nervosa, arfante. Feito um bibelô animado, fez da lombada do *Aurelião* da estante um poleiro para descansar sua massa mínima, onde o coraçãozinho pulsava descompassado. *Foi um erro de percurso*, pensei. O bichinho se distraiu perdendo o norte, para dar no meu cafofo.

— Marizete, vem ver o beija-flor no escritório! — gritei.

A faxineira largou balde e esfregão e veio correndo testemunhar o augúrio fenomenal:

— Benza Deus! Sinal de sorte. Louvado seja são Francisco de Assis!

Sorte? Para o pássaro, é um bruto dum azar. Apavorado, arremeteu em círculos sem atinar o escape da janela escancarada. Pousou no *Dom Quixote*, primeiro tomo. Tentei me aproximar. Voou para o *Dom Casmurro*. Dado aos clássicos. Nada. A próxima escala foi num compêndio de matemática pura, herança da velha biblioteca do meu avô. Marizete abriu a outra janela e a porta que dá para o quintal. Vai, bichinho, livra-te voando um palmo abaixo! Mas não. O beija-flor cruzava, veloz, sempre rente ao teto, vez ou outra dando estocadas com seu bico fino na parede, buscando a fenda do desespero.

Saímos do escritório. Deixamo-lo a sós, eu e Marizete, acantoados detrás da araucária do quintal, de onde podíamos monitorar a faina do passarinho. Nossas vidas pararam em digressão. Nada sei sobre as aflições de Marizete. Ela nada sabe das minhas. Um beija-flor nos uniu num interesse único e urgente.

Quando ele, enfim, intuiu o caminho da liberdade, vazando a janela, Marizete gritou:

— Gol!

Depois voltou para o esfregão como se tivesse salvado a humanidade. Ao menos nos salvamos os dois, pela ventura de um beija-flor. O bichinho, coitado, só ganhou uma crônica mal enjambrada.

Férias

O SOL DE TODO DIA emerge do mar numa língua incandescente e ofuscante que me obriga a virar o rosto e a espremer meus olhos fotofóbicos. Com as pálpebras cerradas, eu avanço e molho os pés na água agradavelmente morna, e logo me vem a explicação involuntária e infantil de que não são as correntes marítimas da costa do Nordeste, mas o próprio Sol recém-chegado que aquenta o oceano de cujos braços ele acaba de despertar.

O mar de Pernambuco, cálido e translúcido, é o mar de um outro mundo, cuja perfeição de cor e temperatura sempre foi o contraponto irreal do mar feioso e barrento de minha infância, o mar gelado do Rio Grande do Sul, sem baías nem enseadas, litoral rabiscado em linha reta num cochilo de Deus, que tanto se esmerara em esculpir reentrâncias do Pará a Santa Catarina, mas que optara pela monotonia da costa gaúcha, para, não sei por que castigo, só voltar à graça das curvas em território cisplatino.

Talvez por isso me pareça tão estranho olhar para esses coqueiros ornando um paraíso de cartão-postal e sentir um banzo medonho da praia do Curumim. A parentada toda reclamando do vento, da areia suja, da chuva, da invasão dos gringos de Caxias do Sul, das algas e das mães-d'água; mas todos amando a bagunça dos colchões espalhados e a algazarra de primos e tios brotando dos cômoros como siris. Puxa-puxa, melado com angu, picolé de anilina, e a gente achando bom chover só para ter bolinho de chuva. Minha avó pondo a gurizada para dormir ao embalo de histórias espetaculares de bruxas, mouros e gigantes, o que nos fascinava e nos fazia dormir amontoados de medo.

De manhãzinha, já estávamos empunhando caniços para pescar joaninhas e carás no arroio ou então aprisionando girinos em vidros de maionese para assustar as gurias. E, quando hormônios púberes afloraram em nossos corpos adolescentes, foi do escuro mar de Curumim que saiu minha primeira namorada, uma morena linda de Porto Alegre que nem precisava ser linda, pois eu já desfrutava do imenso *status* de namorar uma guria da capital. O mar de Pernambuco é bonito. Mas lindo mesmo é o mar dos nossos afetos.

Impressões de Andarilho

Viajo muito a trabalho. E, quando chego ao meu destino, ando. Sou um pedestre inveterado. E quanto menor a cidade, maior o meu prazer andejo. Nem sempre disponho de tanto tempo de folga, mas uma hora de caminhada é o mínimo para catar impressões robustas sobre um lugar. Vou parando, puxo assunto, especulo.

Prosear à toa é uma instituição brasileira. A deliciosa expressão "jogar conversa fora" presume um traço cultural de nosso povo, mas, ao contrário do caráter descartável que ela exprime, bate-papos despretensiosos costumam sanear grandes pendências pessoais e coletivas. Cadeiras na calçada são como divãs interioranos. Fala-se de tudo, e para tudo há remédio, seja em caso de dor de amor seja de pedra nos rins.

Há casos em que prefiro o silêncio da observação distanciada. Espião do cotidiano, ladrão de fragmentos da rotina, vou saqueando com meus olhos os pequenos momentos de um dia a dia. Minha memória embaralha as cenas que gravei na retina e já não lembro onde foi que as recolhi, nem o que é lembrança e o que é delírio. Mario Quintana diz que a imaginação é a memória enlouquecida. Ou então, penso eu, uma reminiscência fugaz é apenas acrescida de detalhes imaginados, criando uma nova versão de um fato que, apesar de enfeitado, não deixa de permanecer verdadeiro.

Digo isso apenas para me desculpar e explicar que não me recordo se foi em Lagarto, no interior de Sergipe, ou em Goiana, Pernambuco, ou quem sabe em Monte Alto de Minas que, andando a esmo, ouvi *Jesus, alegria dos homens* muito ao longe. Fui seguindo o som das teclas e, acarinhado por Bach num lugarejo remoto, parei defronte a uma janela de uma casa simples, onde uma senhora se debruçava sobre um piano de parede.

Meu concerto particular terminou sem que a artista percebesse seu público ínfimo, tendo levantado ao final da audição para sumir detrás da cortina da sala, sem assobios nem aplausos. Meu ímpeto foi o de gritar por um bis. Em vez disso, segui caminhando mais alguns quarteirões a cantarolar Bach sem saber agora se foi em São Paulo de Olivença, no Amazonas, ou em São Caetano de Odivelas, no Pará. Pode ter sido em qualquer cidadezinha, não importa. Ainda que a memória me traia, o Brasil ecoa suavemente em meus ouvidos andarilhos.

Meio-dia

Cubro as orelhas com a gola do casaco de couro. Ligo o ar quente do carro no máximo. É pouco. O dia está limpo, e o azul-celeste desentranhado de nuvens. Mas que nada! O frio de 4 °C me faz tiritar os ossos.

Espio pelo vidro do automóvel os tabuleiros de campos de aveia, as vacas holandesas pastando nos potreiros, os sobrados germânicos de telhado arredondado. O motorista me avisa: estamos chegando a São Paulo das Missões. É domingo. Meio-dia em ponto. Nosso carro entra na cidade feito uma nave intrusa num planeta desolado. Quarteirões e quarteirões de janelas vedadas e portas trancadas.

Como se uma bomba de nêutrons tivesse caído, deixando intacta toda a matéria bruta, todos os bichos e plantas, mas reduzindo a pó cada sopro de vida humana, não se vê ninguém em canto algum. Uma solidão aterradora nos envolve. Peço que o motorista circule em volta da praça, lomba acima, lomba abaixo, ao sul, ao norte, em volta do hospital, em frente à prefeitura. Ninguém.

Uma agonia crescente me faz imaginar hipóteses absurdas — será que a cidade foi evacuada? Não há sequer um único passante a quem se possa perguntar. Mando o motorista parar defronte à casa baixa com o letreiro enorme: HOTEL. Esmurro com sofreguidão a porta chaveada a cadeado. Na janela, aparece, desconfiado, ainda com o palito passeando entre os dentes, o dono do estabelecimento. O que houve com os moradores? De que se escondem todos? Que peste os enxotou? Que catástrofe os expulsou?

Apiedando-se de meu pânico infundado, o dono do hotel me convida para entrar, esquenta as sobras do almoço, servindo a mim e ao motorista, antes de troçar:

— Ora, onde mais poderiam estar todos a esta hora do dia? Estão em casa, almoçando.

De fato, quando o sino da igreja fez soar a primeira badalada da tarde, testemunhei o milagre: os velhos puseram as cadeiras na calçada, as crianças foram para a praça, os jovens foram namorar no portão das casas. A disciplina ordeira daquela cidadezinha em que todos almoçam ao meio-dia em ponto recobrou seu viço interiorano. Não havia solidão ali, como eu, erroneamente, pensara. O que havia em cada casa, em volta de cada mesa, era um encontro mútuo, a partilha de um momento, o desfrute de um prazer que nós, atazanados pelo turbilhão da pressa, nos esquecemos de aproveitar.

Memória de Professora

A rua estreita desce derramando seus paralelepípedos ladeira abaixo. De lado a lado, pendidas, acompanhando o declive, as casas de adobe caiadas de um branco desbotado, com os peitoris tingidos de azul-escuro, passam na janela do carro, quadro a quadro, feito um filme repetido. Apenas variando de tamanho, o casario expressa o desenho uniforme da arquitetura empírica da caboclada. Uns copiando os outros, resultando na suave harmonia barroca desta parte de Minas Gerais.

Vazante tem pouco mais de 20 mil habitantes. Mal deixo o perímetro urbano, e o carro já está a cruzar uma sucessão de fazendolas e suas sedes centenárias. Uma escolinha rural abandonada é a referência para tomar o caminho da fazenda Capão da Onça. Dona Luzia de Aquino já está à minha espera, com o almoço fumegando no fogão a lenha, remoendo a ansiedade desta típica e inusitada forma de hospitalidade tão difundida por aqui. Antes de dar bom-dia, os vazantinos perguntam:

— Você já comeu hoje?
Enquanto abastece os pratos, empilhando pedaços de frango caipira, linguiça de porco e mandioca cozida, dona Luzia pergunta se vimos a escolinha abandonada na estrada. Foi lá, explica, que ensinou durante 24 anos. Na noite anterior a cada aula, preparava testes e lições de casa, sob a luz da lamparina, copiando cada folha até completar o número exato de pupilos. Se havia dez alunos, seriam dez manuscritos idênticos para distribuir à molecada no dia seguinte. E foram centenas e centenas de crianças alfabetizadas pela velha professora. Dona Luzia sabe o nome de todos: Leôncio, Custódio, Zefa, Clotilde, Olavo, Rita... E tantos Josés e tantas Marias que nem dá para entender como ela armazenou tudo na memória.

Mas a escola fechou, e a professora teve de se aposentar. Luzia de Aquino agora escreve o nome das vacas da fazenda, com um pedaço de carvão, na parede da casa de queijo: Jamanta, Bordada, Meia-Noite, Cigana, Grã-Fina... Porque vaca é diferente. Vaca, a gente esquece, menino, não. A fazendeira tange a vacada para fora da memória porque ali o espaço é dos alunos. Porque escola fecha, mas histórias de vida, não. Ficam para sempre escancaradas. Assim como a porteira da fazenda, que a ex-professora jamais fechou.

O Buracão

Nos fundos da casa de meus pais, havia um terreno baldio. Mas isso já faz tempo. O que há no lugar hoje é um prédio mal enjambrado, descorado e triste. Dizem que terreno baldio é indício de estagnação, de atraso econômico, sinal de que não há dinheiro para construir. Ou que é parque de mendigos, vagabundos e cães vadios. Mas eu penso que aquele vazio urbano atrás do quintal de minha infância fazia era humanizar a cidade. O prédio feio que puseram lá a brutalizou.

Não sou contra a construção civil. Pobre de mim. Que posso contra a especulação imobiliária? Só acho que deveria existir uma secretaria de combate à feiura, tocada por um supersecretário com poderes plenos para cassar alvarás de construtores, engenheiros e arquitetos de mau gosto.

O leitor há de perdoar minha ranhetice. É que, para mim, cidades têm rosto. E vamos nos desfigurando e deixando de reconhecer a nós mesmos ao preencher nossos vazios com botox de má qualidade. Se a alternativa é ficar com a cara deformada, é melhor envelhecer com dignidade. Eu queria uma ruga como aquele terreno baldio que não existe mais. Ele ficava em desnível com o pátio de nossa casa, talvez uns três ou quatro metros abaixo. Era bem grande e, por isso, o chamávamos de buracão.

Minha mãe não gostava que brincássemos lá. O lugar era sujo, enlameado e estava atulhado de quinquilharias: pneus, garrafas, latas, potes e todo tipo de sucata e objetos descartados pela vizinhança. Ou seja, aos nossos olhos infantis, tratava-se de um tesouro arqueológico fascinante. Buscar a bola era um pretexto para ir ao buracão sem despertar suspeitas. Combinávamos de chutar um pouco mais forte, depois saíamos todos correndo portão afora, dando a volta no quarteirão, de modo a chegar ao buracão por baixo e iniciar a garimpagem.

Meu maior achado foi um time de botões de osso, que eram retirados de antigos ternos sociais e convertidos em peças para jogar. Uma relíquia. Faltava um jogador de linha. Mas eu completei a equipe com um Pelé feito de vidro de relógio de pulso, que tinha o mesmo formato das unidades do escrete de osso. Pelé podia ser diferente, né? Ganhei muito campeonato de futebol de botão com aquele timaço.

Um dia a prefeitura interditou o buracão. A vigilância sanitária multou o proprietário, e ele teve de limpar tudo, acabando com a nossa mina de sonhos. Não me queixo. Ficamos tristes, mas a medida era justa e necessária. Inaceitável é exterminar o buracão botando um prédio tão feio em cima dele. Aí também é demais. Nunca consegui perdoar o prefeito.

O Homem-Tartaruga

CHOVIA. Tirou os sapatos encharcados e torceu as meias. E os deixou, meias e sapatos, sobre a mureta do chafariz. Sentou na mureta. Mergulhou os pés na água pontilhada pelas gotas da chuva. Sentiu o calafrio do vento entrando pela espinha. E como o nó inchasse tal qual esponja a lhe apertar o pescoço, libertou o pomo de adão esgarçando a gravata. Encolheu-se.

Tatuzinho de jardim, ermitão da montanha, carapaça inflexível, esconderijo de si... Ou casco de tartaruga. Como aquela, sobre a pedra, ocultando a cabeça para escapar do temporal. Homem-tartaruga camuflado no aguaceiro, misturado entre os quelônios do chafariz. O céu carregado escureceu à meia-tarde, enganando a iluminação pública que fez arder as lâmpadas de sódio. E aquela luz lhe pareceu incômoda. Ao menos podia espiar em volta à procura de uma estátua. Deve haver uma estátua nesta praça, não há praça sem estátua. Onde estás, Saldanha Marinho? Onde o teu bronze perpétuo violado pelos pombos? Que Saldanha Marinho, que nada! Queria uma estátua de Anita Ekberg na fonte do chafariz, dentro da água, a proteger as tartarugas.

Estivesse ali, o homem-tartaruga sairia do seu casco e, feito um Midas ao avesso, transformando metal em gente, tomaria a deusa loura nos braços para beijá-la melhor do que Marcello Mastroianni o faria. Quase sentiu os lábios quentes de Anita naquela tarde gelada. E ficou quase feliz. O que já era muito naquele dia infernal. Aliviado, liberto do paletó empapuçado, voltou para a repartição a tempo do fim do expediente.

Entrou na sala com um sapato em cada mão, ambos gotejantes, fazendo poças no chão do escritório. Ninguém entendeu nada. Interjeições mudas saíam dos olhos incrédulos dos colegas em volta. Até que o chefe perguntou em voz alta:

— Ficou maluco, Claudionor?

Impassível, e com um meio sorriso intrigante, caminhou em direção à moça tímida da mesa ao lado. E ela, que sempre desviara o rosto, dessa vez estava com os olhos grudados nele. E Claudionor Mastroianni, Claudionor Midas, transformou a moça de pedra, opaca e apagada, numa Anita Ekberg luminosa e fulgurante ao beijá-la na frente de todos.

Feito isso, o homem-tartaruga deu as costas e saiu porta afora, de mãos dadas com Anita e deixando os mil estilhaços de seu casco espalhados pela repartição.

O Leiteiro

Eu vi um leiteiro fazendo entrega numa rua de Itamarandiba. As bolsas de valores do mundo inteiro ora despencam, ora reagem, a economia norte-americana entra em colapso, e o preço do leite continua exatamente o mesmo na cidadezinha mineira de 32 mil habitantes.

Itamarandiba tem 336 anos. Talvez, em alguns desses becos estreitos, mucamas tenham recolhido tarros de nata e coalhada para alimentar os filhos dos senhores de escravos. A cidade colonial entrou no Império, cruzou a República e chegou ao século XXI exalando o mesmo cheiro de leite fresco.

A civilizada Londres mergulha na barbárie do vandalismo, com depredações e arruaças contaminando outras cidades inglesas, e o leiteiro de Itamarandiba, na paz de seus interesses domésticos, só sabe que não vai chover porque é tempo de estio, época em que o gado emagrece e é preciso caprichar no volumoso que as vacas comem, para que as tetas não sequem de vez.

Alguém viu na televisão que um maluco explodiu uma bomba e matou mais de setenta pessoas na Noruega, mas, em Itamarandiba, o único morto do mês é o Célio da Roxinha, que não se foi de bala ou vício, mas de velhice, aos 94 anos, dormindo, que é como todo mundo queria morrer por aqui, conforme o que se falava à boca pequena, num velório bem fornido de café e bolinhos.

O leiteiro de Itamarandiba tange sua carroça pela rua empoeirada, acenando em condolências à família do morto, e as donas de casa já o esperam de canecas, bules e leiteiras na mão. O camponês vai despejando, de casa em casa, o jorro espumoso vendido a granel por um punhado de moedas. Há algo de puro e belo nesse ritual primitivo de comércio direto, sem intermediários, sem atravessadores, sem gôndolas de supermercado, sem caixas nem saquinhos. Tudo vai da vaca ao tarro, do tarro ao copo.

Alguém diria que falta assepsia, que a vigilância sanitária é ausente, que a fiscalização não chega a Itamarandiba. E eu digo que o asseio possível do leiteiro só realça a humanidade dessa ruazinha pobre, desse lugarejo remoto, tão distante do mundo das notícias e tão próximo de uma ancestralidade bucólica que vive em nós, como se ainda esperássemos, como antigamente, o leite matinal chegar na porta de casa com as primeiras manchetes do dia.

O Malino

Guri danado, aquele. O pai ralhava. A mãe punha de castigo defronte ao relojão da sala. Muito chinelo na bunda levou o malino. Em vão. Jogava água no gato, pimenta na ração do cachorro, sabão na calçada da frente para assistir aos tombos dos passantes. Enganou psicólogo, padre e benzedeira, virando anjinho provisório para tornar a malinar em seguida.

Pois bem, estava o traquinas amputando um grilo, arrancando as patinhas do bicho e tornando-o imóvel para o bem prosseguir da sessão de tortura quando, distraído a encher a bacia onde afogaria o prisioneiro mutilado, veio um sabiá e roubou-lhe a presa.

Num rasante acrobático, o pássaro capturou com o bico o que restava do grilo e sumiu no vão do beiral do telhado que cobria a churrasqueira. Alucinado com o ludíbrio do ladrãozinho, o guri armou-se com o bodoque e uma dúzia de bolitas e pôs a escada na pilastra do telhadinho. Subiu arquejando de excitação e, ao avistar a fresta do beiral, deu com o ninho acantoado entre as telhas e o esteio. E o sabiá, mascando e regurgitando uma gosma macilenta que devia ser o grilo furtado.

O moleque, então, pôs-se de lado, municiou o bodoque com a maior das bolitas, puxou a borrachinha contra o próprio peito e mirou na cabeça do sabiá. Soltou. O bólido passou tinindo entre o ninho e o passarinho, quicando na parede do fundo e agonizando entre as telhas e o madeirame, feito um grão de pipoca em panela quente. "Errar assim tão de pertinho!", praguejou contra si mesmo o guri.

Só quando olhou para o ninho é que notou o bulício dos filhotes pelados e vermelhos, ainda cegos para a vida nascediça. Encarou o sabiá, ou melhor, a sabiá, e sentiu aquela coragem aterradora que o enfrentava sem hesitações. Teve vergonha do bichinho e desceu a escada quase aos pulos.

Durante um tempo, pesquisou ornitologia na internet. O pai estranhou, a mãe preocupou-se. Logo o guri já estava atazanando o gato, o cachorro, os vizinhos. Mas churrasco não podia. Tantas fez que interditou o almoço de domingo. Fumaça e calor fazem mal ao choco. E o pessoal passou os fins de semana comendo galeto no restaurante Augusto, até a última revoada da primavera.

O Relógio

A velha porteira de angico, escancarada há anos, estava desaprumada, pendida para o lado de abrir, com a ponta de baixo enterrada no chão. Se alguém quisesse fechá-la, teria de fazer muita força para desencalhar o pesado madeirame de lei. Mas fechá-la para quê? O mata-burro impedia a vacada de sair, e toda gente era bem-vinda na solidão daquele deserto verde.

Já dentro da fazenda, segui pela estradinha que leva à sede, um sobrado caiado com enormes janelas pintadas de azul, envolvido por um capão de figueiras centenárias. Sentada sobre a soleira da porta principal, minha anfitriã me esperava com o mate pronto. Pôs-se de pé assim que desembarquei do carro, recebendo-me com um abraço tão compungido que, se eu não a estivesse conhecendo naquele momento, julgaria que fosse saudade. E era.

Vivendo aqui, apenas na companhia de meia dúzia de peões, Dona Rosário sente falta de gente diferente. Aos noventa anos, seu grande prazer é a charla durante as visitas cada vez mais ocasionais e espaçadas. Ela nunca se casou, não tem descendentes. O vizinho mais próximo mudou-se para a capital.

Interlocutor raro, sou tratado como rei. Comi borrego assado com feijão mexido e mandioca cozida. E depois ficamos na sala conversando sobre tempos fugidios, sob o olhar dos ancestrais da fazendeira, espiando-nos dos velhos retratos de parede, dispostos ao redor da lareira.

Andamos pela casa, e reconheço, por toda parte, os sinais da economia fechada, típica das antigas estâncias, em que a autossuficiência era precondição de sobrevivência. Roupas feitas na roca e na máquina de costura, sabão de sebo, banha de porco para conservar alimentos.

Num pequeno depósito, dona Rosário guarda todo tipo de quinquilharias, precaução dos que passaram pela escassez das guerras: garrafas de vidro para fazer copos, latas para fazer canecas, tampas, vasilhames, caixas e mil objetos inúteis. E, jogado num canto, um belíssimo relógio de parede inglês do século XIX. Implorei para que dona Rosário me vendesse a relíquia, que, segundo ela mesma disse, está parada há cinquenta anos. Mas a fazendeira desconversou e acabei indo embora de mãos vazias.

No dia seguinte, quando voltei lá para me despedir, o que encontrei junto aos velhos retratos na parede da sala? Lá estava o relógio inglês badalando à plena. Dona Rosário me sorriu — marotamente —, e eu retribuí, satisfeito por ter recuperado o valor de um tesouro esquecido.

O Terreno do Luís

Meu amigo Luís está chegando perto dos sessenta anos e só pensa em comprar um terreninho. Não vejo muito sentido nisso. Mas Luís não tem dúvida de que eu também vou querer um terreninho quando me aproximar dos sessenta. Ele quer se aposentar e construir a casa que nunca teve. Não precisa ser uma mansão.

Aliás, não será mesmo uma mansão, porque meu amigo Luís é professor, e o leitor sabe bem quanto o Estado paga a essa gente. Mas tem de ter um quintal de fundos, disso ele não abre mão. Meu amigo vai querer uma parreira, claro. E, se ainda tiver espaço, vai plantar um pessegueiro e uma laranjeira. Ele estende a mão para o horizonte, apontando com o dedo o seu terreno imaginário, que já está cercado e aplainado pela empreita dos seus desejos.

Não demora e ele vê a casa pintada de branco. E uma mesa posta debaixo do parreiral, aquecida pelo sol que vaza entre as frinchas da galharia, com a travessa abarrotada de cachos de uvas vermelhas, pêssegos dourados e gomos de laranja-de-umbigo. Luís esboça um sorriso de menino, e então eu entendo, olhando para a cara madura de meu amigo, que o que ele realmente quer é retornar ao conforto uterino de sua remota infância. O terreno dos sonhos de Luís é o simulacro da fazendinha do avô, onde ele caçava passarinhos e subia em árvore. E, nem preciso perguntar, é óbvio que havia uma parreira de uvas vermelhas por lá.

O problema é que houve imprevistos. Sabe como é, a saúde da gente prega peças, e o gasto com remédios está pela hora da morte. A poupança do Luís, economia de uma vida, reduziu-se a uns 30 mil contos. Ele andou olhando os classificados e ficou um tanto acabrunhado, resmungando pelos cantos e espalhando xingamentos contra a especulação imobiliária. Paciência, o terreninho do Luís não será onde ele gostaria. Achei que ele ia desistir.

Outro dia o Luís me encontrou na rua e, radiante, contou a novidade: vai viajar para Restinga Seca. Alguém lhe contou que num distrito aprazível, não muito longe da sede do município e por bem menos de 30 mil reais, pode-se comprar um terreno grande com um arroio nos fundos. Certamente haverá espaço para um parreiral. Luís já encomendou as mudas de uva Isabel. Diante de mim, eu o vejo preparando as covas no terreno que talvez nunca compre, no quintal de uma casa que talvez nunca construa, mas que o mantém vivo, sonhando com o menino que ele nunca deixou de ser.

Romaria do Sertão

O LUGAREJO DE CABECEIRAS, no município cearense de Barbalha, arde na fornalha do sertão. Enquanto o motorista troca o pneu furado, procuro uma sombra e me recosto ao tronco de uma árvore. Com a vista embaçada por uma queda abrupta de pressão, espremo os olhos para me certificar do que vejo: uma pequena procissão surgindo no horizonte. Cerca de cem pessoas aparecem do nada, povoando o deserto árido e avançando pelo acostamento da estradinha rural.

Os homens vestem túnica branca de algodão barato, com cruzes pretas bordadas no peito e nas costas e capuz branco. Os mais jovens usam gorro de véu treliçado cobrindo os olhos. As mulheres, chamadas de "excelências", estão vestidas de branco, também com véus cobrindo a cabeça. A roupa, de inspiração medieval, é chamada de opa.

Os Penitentes de Cabeceiras são uma irmandade de camponeses adepta de rituais de autoflagelação. Eles cantam o tempo todo, e o repertório tem hinos muito antigos, os benditos, de exaltação a Jesus Cristo e a Nossa Senhora.

A última parada é numa capelinha de Cabeceiras, a igreja de Nossa Senhora de Lourdes, onde os fiéis beijam o cruzeiro que ponteia a procissão. Depois de uma breve oração, os Penitentes despedem-se das excelências e dos demais devotos e seguem, na carroceria de uma caminhonete, para o cemitério de Barbalha, na sede do município. Lá encontram os integrantes de outra irmandade afim, os Penitentes da Lagoa, que vestem o mesmo tipo de indumentária, só que de tonalidade azul-celeste.

A essa altura, já estou incorporado ao grupo. Os componentes das duas irmandades entoam benditos por horas a fio, entre as alamedas do cemitério. As vozes dos lavradores, em diferentes timbres e tons, se harmonizam numa inesperada afinação. O arcaísmo das letras, repletas de palavras em desuso, a melodia tomada por uma melancolia suave, a atmosfera ao mesmo tempo solene e despojada criam um ambiente inteiramente propenso à introspecção.

Todos em volta parecem comovidos. Se não tocados por algum sentimento místico, enlevados por aquela música radicalmente simples e essencialmente bela. Na primeira voz, os penitentes-chefes, geralmente com mais de oitenta anos, puxam o bendito. Depois, o restante do grupo adere ao refrão:

> Quando cheguei no altar,
> meu coração se alegrou.
> Foi de ver Nossa Senhora
> toda enfeitadinha de flor.

Se Deus existe, é na alegria sincera dos penitentes do sertão.

Teresa numa Rua de Lages

Conheci Teresa numa rua de Lages, no interior catarinense. Era uma rua pobrezinha, de chão batido, esburacada, ladeada por casas igualmente pobres, de madeira e telhados de zinco. Eu tinha de fazer uma entrevista, e o acaso me levou a marcar, bem defronte à casa de Teresa, um encontro com um morador daquele bairro. Aguardar é chato. O sujeito estava muito atrasado, e eu me entediei com a espera. Então meus olhos percorreram a vizinhança em busca de distração e encontraram Teresa na janela. Ela sorriu. E tive a nítida impressão de que estava sendo observado já há longo tempo.

Entre a janela e o muro gradeado da casa, havia um pequeno e bem cuidado jardim, baixo e curto o suficiente para não impossibilitar o contato visual que tivemos. Eu estava encostado num poste da rede de energia, na calçada, e ela permanecia segura detrás de sua janela, o que talvez a tenha encorajado a puxar assunto. Reclamou do calor atípico, da chuva escassa e principalmente da poeira que emporcalha o casario. O prefeito de Lages mereceu dois ou três palavrões, mas ela logo se desculpou pelo excesso. Fiz um comentário qualquer sobre política e me identifiquei como jornalista.

Teresa, agora debruçada no portão de ferro que dá para a rua, a meio metro de onde eu estava, disse que nunca tinha visto um repórter antes. E eu, *avis rara* caída do nada numa ruazinha de Lages, fui convidado para um café. Sentei à mesa da cozinha simples, mas impecavelmente asseada. Enquanto ela esquentava a água num velho fogão a lenha esmaltado, me contou que era instrumentadora cirúrgica, mas que teve de se aposentar por invalidez, aos cinquenta anos. Sofreu um acidente de carro, em que os dois irmãos morreram, e ela, única sobrevivente do desastre, perdeu a visão do olho esquerdo e ficou com sequelas de movimento. Teresa manca de uma das pernas.

Quando ela se sentou à minha frente, pôs-se a falar de suas dores íntimas, todas ligadas à saudade e à solidão, males que os médicos que a livraram do coma não conseguiram curar. Teresa nunca teve alta de sua tristeza. Eu tive vergonha de minhas próprias dores, mas, não sei por quê, compartilhei com Teresa meus reveses mais recentes. Talvez porque confessar fraquezas também seja uma forma de conforto.

Não sei quanto tempo durou nosso encontro. Sei que nos despedimos com o abraço sentido e cúmplice dos confidentes. E sei que, tendo perdido minha reportagem por causa de um entrevistado que não apareceu, testemunhei o grande acontecimento do dia: Teresa numa rua de Lages.

A Chaleira de Blau Nunes

Achei que o antiquário tinha se enganado e até perguntei novamente o preço para não levar junto com a chaleira o remorso de ter me aproveitado de uma distração. Mas ele repetiu, convicto: "Trinta reais". O leitor pode argumentar que há chaleiras ainda mais baratas por aí. Está certo, mas não era uma chaleira qualquer. Saí convencido de ter feito o negócio do século.

Senti pelo peso: era de ferro puro. Preta, bojuda, com a asa feita da mesma madeira nobre do pegador da tampa. O gargalo em curva, como o pescoço de um cisne esbelto, terminava na perfeição do bico pontiagudo. O leitor dirá: mas que descrição óbvia e pueril de uma chaleira! E eu contestarei: não viste o magnetismo daquela peça, que me guiou, com a luz do acaso, a ponto de se destacar por entre o caos de quinquilharias de uma prateleira obscura nos fundos da loja. Incrédulo, cambei pechincha por tesouro e fui para casa.

Minha intenção original era inaugurar a chaleira preparando a água para o meu chimarrão. Fui demovido por Maria, *expert* na ciência de forno e fogão, para quem a chaleira "não era nova nem aqui nem na China", interditando-a até que areação necessária para remover a fuligem sedimentada a pusesse em condições de uso. Mas aí eu é que protestei e a impedi de raspar as muitas camadas de história que cobriam aquele metal negro. Como consequência de nosso dissenso, a chaleira virou bibelô e foi parar na estante da sala.

Maria é paga para deixar a casa em ordem. Para ela, uma chaleira ao lado do porta-retratos das crianças é algo tão fora de lugar que passou a ser o grande símbolo de minha desordem, sobretudo a mental. "O senhor não está bem da bola", dizia, aparafusando metaforicamente a própria testa com o indicador para demonstrar que o parafuso está faltando é em mim. Tanto fez que transferi a chaleira para o meu escritório.

Meu objeto de desejo pôde, enfim, encontrar sossego, escorando um Simões Lopes Neto na prateleira dos meus autores prediletos, o que, aliás, acabou dando razão à Maria. A chaleira é velha o suficiente para ter aquentado a água do chimarrão do vaqueano Blau Nunes. Antes que o leitor reclame de mais uma de minhas bobagens, eu peço a condescendência de uma licença poética: todos os personagens inventados pelos gênios da literatura são reais. E se Blau toma chimarrão, é numa chaleira igual à minha.

A Doença do Atraso

MANOEL DO ROSÁRIO tem oito filhos e uma neta. Ele sustentava a família inteira catando açaí nos fundões do Marajó. Mas, há dois anos, resolveu mudar-se para Anajás, cidadezinha de 25 mil habitantes no coração da imensa ilha amazônica, em busca de um emprego mais seguro.

Não arranjou serviço nenhum. O que a família de Manoel conseguiu, nos últimos 24 meses, foi contrair 120 malárias. Mesmo para o município campeão brasileiro de malária — quase 10 mil casos em seis meses —, é um recorde considerável. Na casa de Manoel, tem malária toda semana. A netinha dele ainda não completou nem um ano de idade, mas já tirou tanto sangue para fazer exame que tem o pezinho ferido por agulhadas. Quinze deles deram positivo.

Um bebê de onze meses com quinze malárias é o retrato do nosso fracasso. O Brasil deu as costas para a casa de Manoel, cheia de frestas, suspensa por palafitas, envolta por uma nuvem de mosquitos. Quem liga? Marajó fica nos confins do Pará. Anajás fica nos confins do Marajó. E a casa de Manoel fica nos confins de Anajás. Na geografia das nossas mazelas, a malária fica nos confins das prioridades nacionais.

Em 1940, o país registrou quase 10 milhões de casos. Um em cada quatro brasileiros tinha malária. Um formidável esforço sanitário reduziu esse número para pouco mais de 50 mil casos anuais, em 1970.

Mas aí veio a colonização da Amazônia, engendrada pela ditadura militar. O general presidente Emílio Médici inaugurou a Transamazônica e ofereceu "terra sem homens para homens sem terra". Um fenomenal fluxo migratório foi o motor de um projeto de desenvolvimento baseado na extinção da floresta. Os mosquitos adoraram. Voltamos a registrar epidemias regionais, e o número de casos chegou a bater em 700 mil por ano.

Com a criação do Grupo de Controle da Malária, em 1999, o Ministério da Saúde conseguiu vitórias importantes ao longo da última década. Mas estacionamos em 300 mil casos anuais. O que significa esse número? Muito? Pouco? Não sei dizer. Sei que é gente à beça. Como Manoel do Rosário, seus oito filhos e sua netinha. Como Maria Brasil, veterana professora municipal de Anajás, obrigada a suspender as aulas incontáveis vezes, por causa da convalescença de seus alunos. Cada vez que Maria Brasil fecha o seu caderno de chamadas e vai para casa sem ter o que fazer, o país que ela tem no nome se afunda na obscuridade de seu próprio fracasso.

A Omissão do Brasil

Há casos em que a verdade aparece de supetão, num jorro só, elucidando o caos repentinamente, como se toda a confusão e o engano desaparecessem num sopro mágico. Jamais pude esquecer o dia preciso em que, finalmente, compreendia a condição da infância no Brasil.

Eu estava em Paragominas, no sul do Pará, em 1997, e fazia uma reportagem sobre o insalubre trabalho nas carvoarias. Encontrei dezenas de crianças misturadas aos operários, enfiando os pés no chão em brasa, empurrando carrinhos de mão abarrotados de lenha, respirando fumaça, estivando carvão em jornadas de nove ou dez horas e recebendo por isso a paga ínfima de 7,50 reais ao dia.

O escândalo infame e ultrajante que tanto me chocou não era mais do que a rotina banal de uma atividade cotidiana. A cidade polvilhada de carvoarias não se importava com a tragédia de oferecer seus filhos àquele inferno fumegante. Decidi acompanhar um dos garotos, ao final do expediente. Denis tinha as mãos enfaixadas com trapos encardidos de fuligem, para esconder as bolhas e as queimaduras.

Morava num barraco de compensado e teto de zinco com o pai, a mãe e outros cinco irmãos, bem perto de onde vendia sua labuta. Perguntei qual era a idade do garoto. Ele não sabia.

— Como? — perguntei, pasmo.

Pedi para ver a certidão de nascimento. O pai então subiu em um toco de madeira para alcançar o cume do único móvel da sala, um armário tosco, onde a família punha uma caixinha com uns poucos papéis amarelecidos. Pedi licença para revirar os documentos, até encontrar a informação desconcertante, logo na primeira linha da certidão expedida pelo cartório de registro civil de Paragominas. Li em voz alta para poder acreditar:

— Denis Manhaens, nascido em 24 de fevereiro de 1986.

Fez-se silêncio. O pai, a mãe, Denis e todos os seus irmãos olhavam para mim como se eu fosse um extraterrestre. Talvez eles não tivessem compreendido, pensei. Resolvi esclarecer:

— Hoje é 24 de fevereiro. O Denis está fazendo onze anos hoje! É o aniversário dele!

Denis e os seus simplesmente não entendiam a perplexidade de um desconhecido diante de um papel velho. Eu os abracei, comovido, mas só havia constrangimento. A indiferença perversa imposta a eles pela miséria nos humilha a todos, ao retirar de uma família até mesmo o sabor de comemorar a vida de uma criança.

A Praça

Quando estou numa cidade estranha, gosto de caminhar a esmo. O acaso é um cicerone engenhoso. De vez em quando, ele me leva a uma praça, belo presente fortuito. Praças dizem muito sobre uma cidade. Se estão limpas, com um jardinzinho florido, então se vê que a vizinhança é saudável, que as pessoas não perderam o viço da convivência.

Nenhum prefeito precisa enterrar dinheiro nelas. Praças pobrezinhas, mas asseadas, com lixeiras e canteiros capinados, amenizam a rudeza da rotina urbana. Se tiver coreto e chafariz, é melhor. Mas imprescindível é ter bancos bem cuidados, porque aí é sinal de que a praça gosta de gente. O sujeito pode se demorar, ler o seu jornal, apreciar o movimento, ouvir o zum-zum da cidade enquanto pensa no que vai fazer da vida.

Não é incomum fazer grandes descobertas à sombra de um cinamomo frondoso, fingindo olhar os passantes. O banco de praça é o divã do povão. Numa dessas minhas incursões andejas, encontrei uma joia incrustada num bairro cinzento. Era como um oásis na feiura da cidade. Uma pracinha ajardinada, com gerânios, margaridas e buganvílias, paineiras e espatódeas, com bancos de ferro fundido e ripas de madeira envernizada.

Corria uma vida serena e alegre, com velhos passeando e crianças brincando, mas um frêmito de tensão me conteve um instante. Sentei-me. No banco defronte ao meu, no outro lado da calçada, havia um abismo dividindo duas pessoas. Um homem e uma mulher, cada um numa extremidade do assento, olhando em direções opostas, ambos para o nada.

O homem, às vezes, procurava os olhos da mulher, mas ela mantinha o coração gelado e a cara enfezada, sem dar chance alguma a ele. Ficou claro que se conheciam muito bem, que estavam no ápice de um desentendimento, naquela fase em que o silêncio é apenas o rescaldo de todo o ressentimento expressado antes ou, pior, amargamente represado por eles. Passaram um tempo insondável amuados, a ponto de tornarem o episódio maçante para mim; eu até me distraí olhando um guri empinar uma pandorga.

Mas eis que, sem explicação, sem palavras ou gestos que pudessem sugerir tal desfecho, eles trocam sorrisos, se levantam e vão embora de mãos dadas. Talvez estejam indo quebrar os pratos na privacidade de um apartamento. Nesse caso, creio que a praça delicada, florida e arborizada, sem um cisco de sujeira no chão, ao menos os inibiu, adiando o embate. Se eu fosse aquele casal, teria ficado mais um bocadinho ali. Praça aprazível é o templo do entendimento.

Banho na Floresta

Desci o barranco com a toalha no ombro, o sabonete em uma das mãos e a escova de dentes na outra. Homens, mulheres e crianças tomavam banho como vieram ao mundo, naquele fundão de floresta. O contexto é tudo, e não havia nada mais natural do que a multidão nua mergulhando em um braço do rio Tiquié. Evidentemente, eu permaneci de calção. Além de pudor de civilizado, tenho senso de ridículo. Um branco pelado entre índios nus chamaria mais atenção do que alguém de *smoking* num campo de nudismo.

Primeiro escovei os dentes, acocorado em uma pedra. Pendurei a toalha num galho de árvore. Confesso que hesitei para entrar no rio. Os nativos se jogavam no leito encachoeirado como se as rochas fossem de espuma. Eram imensas, redondas como ovos de dinossauro, aflorando e submergindo ao ritmo da correnteza borbulhante.

Tive medo de me espatifar no rebojo e achei melhor observar como os índios faziam. Mas os adultos banhavam-se rapidamente e saíam, de modo que minha amostragem ficou restrita à chusma de curumins que fazia das cachoeiras o seu parque de diversões. Era aterrador: meninos e meninas de cinco ou seis anos se balançavam em cipós, precipitando-se do alto e desaparecendo nos redemoinhos d'água por entre os rochedos.

Eu ficava com a respiração em suspenso até eles reaparecerem, peraltas e ilesos, num remanso mais abaixo, afoitos para repetir aquela imprudência acrobática. Logo me convenci de que ou os indiozinhos eram imunes a acidentes ou o rio não era tão perigoso quanto parecia e, nesse caso, eu poderia entrar sem medo.

Entrei. Mas devagar, pisando sobre as pedras e submergindo aos poucos, tentando me equilibrar. Minha cautela revelou-se inútil. Os índios se jogam porque não há maneira de se equilibrar na correnteza. Sei nadar muito bem, mas descobri que minha habilidade desaparece no repuxo amazônico do Tiquié. Fiquei rodando no desvão de um fosso, jogado de um lado a outro como se estivesse num liquidificador gigante, sufocado e desesperado para emergir.

Quando consegui botar a cabeça para fora, puxei todo o ar que pude e pensei em gritar por socorro. Mas um descabido senso de orgulho me conteve; mas não quero ser exemplo para ninguém, o melhor teria sido gritar. O fato é que resolvi sair por minhas próprias forças, e o fiz não sem sacrifício e esfoladuras. Alcancei, arfante, a margem pedregosa. Enquanto descansava, apreciei a humilhante destreza dos curumins que continuavam a se jogar naquele torvelinho colossal. Há saberes e saberes. Meu conhecimento do mundo é nada diante do que não sei.

Bigode

Teodejane Lima é figuraça. Põe-se alinhado com seu terno puído, sua gravata desbotada e seu chapéu de couro à moda dos vaqueiros sertanejos, sempre enfiado na cabeça. Mas nem tente procurar por Teodejane em Nazaré da Mata, cidadezinha do interior pernambucano, onde ele vive. Ninguém saberá quem é. Pergunte por Bigode. Aí, sim, qualquer um apontará o sósia nordestino do Paixão Cortes, a elegância em pessoa.

— Trabalho com o público. É preciso estar apresentável! — explica, encostado em sua Chevrolet Caravan ano 1976, "em ótimo estado", seu orgulho e ganha-pão.

O carango do Bigode tem uma cruz vermelha pintada na porta e um letreiro no capô: AMBULÂNCIA. É, digamos, uma improvisação não credenciada pelo SUS. Não pertence a hospital nenhum, nem a qualquer clínica conveniada. Mas só a ambulância do Bigode chega aos rincões esquecidos da zona da mata.

Lá, onde médico nenhum aparece e onde os agentes de saúde só aparecem com reza forte, o Bigode mete a viatura na buraqueira empoeirada para acudir chagásicos, hipertensos, desnutridos e portadores de todas as ziquiziras da pobreza. O custo do serviço? Pode ser um quilo de farinha, um ovo caipira, um trocado qualquer ou um muito obrigado. Bigode sabe a dor de seu povo aflito e não liga para luxos. Já ganhou algum dinheiro trabalhando para um vereador. Transportava doentes em troca de voto.

— Aí eu vi que estava sendo usado. E percebi que estava ajudando a enganar os outros.

Então Bigode resolveu ser autônomo e virar uma espécie de símbolo do descaso com a saúde pública no Brasil. Nazaré da Mata e as cidades todas em volta ainda são assoladas pela doença de Chagas, aquela mesma transmitida pelo barbeiro e descoberta há mais de cem anos, sem que nosso país tivesse capacidade de erradicá-la. Existem mais de 3 milhões de chagásicos no Brasil. E não é só. Convivemos com 300 mil casos anuais de malária. E certas localidades, como a favela da Rocinha, no Rio de Janeiro, têm o mesmo índice de tuberculose de países como Bangladesh: trezentos casos por 100 mil habitantes.

Enquanto a indústria farmacêutica gasta zilhões para descobrir medicamentos como o Viagra, os últimos remédios eficientes contra a doença de Chagas, tuberculose e malária têm mais de quarenta anos. Pesquisar para pobre não é bom negócio. Vamos ter de continuar recorrendo ao Bigode, que leva seus doentes para os hospitais abarrotados do Recife, buzinando de vez em quando, pra ver se o atraso a que fomos condenados sai do caminho e não empata a viagem.

Celebridade Vacum

A vaca estava deitada, não se mexia. Atravessada, esparramada de um lado a outro da ruela estreita, não dava passagem. O motorista buzinou. A vaca ergueu o pescoço e sacudiu as orelhas com ar de enfado. Depois desviou os olhos, irredutível. Do banco do carona, tive a impressão nítida de ver o bicho dar de ombros, humanamente *blasé*, aborrecido com a interrupção da sesta. Desci do carro para negociar sua retirada. Dei umas palmadinhas no lombo, mas foi inútil, a vaca me ignorou com soberba bovina. Das janelas das casinhas de adobe caiadas de branco, já tinha gente acompanhando o embate.

Posso estar enganado, mas percebi alguma reprovação no modo como aquela gente simples me olhava, o que me constrangeu a cutucar a vaca com um galho que eu já tinha apanhado de uma árvore. Fiquei riscando o chão com a ponta do galho, enquanto pensava no que fazer. Se eu estivesse na Índia, entenderia. Mas não estou na Bombaim das vacas sagradas, estou em Inhapim, cidadezinha mineira que promove, segundo li na placa de entrada, a "fabulosa festa do inhame". Foi preciso que um matuto se aproximasse, tirasse o chapéu de palha para coçar a cachola e apontasse a solução óbvia:

— Por que o carro do senhor não dá uma ré?

Sorri para ele e disse que achava o conselho muito sensato, uma vez que a vaca não dava nenhum sinal de que iria ceder. Mas arrisquei perguntar se, embora não parecendo, o bicho era bravo, já que ninguém se oferecera para me ajudar a enxotá-lo. O matuto disse que Medalha era mansa que só. Medalha era, evidentemente, o nome da vaca. Pois a dita Medalha, que, como vim a saber depois, toda gente em Inhapim chama pelo nome, talvez seja a grande celebridade local. Mesmo sendo mestiça da raça holandesa, produz quase quarenta litros de leite por dia! É o grande orgulho de uma certa Justina, camponesa tão afamada quanto Medalha, conhecida nestas bandas de Minas por ter mão boa para criar gado leiteiro.

O capricho de Medalha era só o de aproveitar a quentura da rua para amainar a friagem do entardecer. Era justo, portanto, que deixássemos a campeã de leite no sossego de seu cochilo vespertino. Concordei. E fui embora muito satisfeito, pedindo ao motorista que desse marcha a ré no nosso carro, com a sensação de que o mundo voltou a ser justo. Celebridade fajuta, dessas da TV e do *Big Brother*, é fácil demais. Quero ver é dar quarenta litros de leite por dia.

O Homem que Fez
Fernando Henrique Rezar

Paolino Baldassari ainda ouve o zunido das explosões. O bombardeio americano abre crateras enormes nos arredores de sua aldeia. É jovem e ainda está de farda, mas não integra mais o exército de Mussolini. Desertor, Paolino se esconde em um paiol de milho. Não quer matar ninguém. Os alemães o caçam para prendê-lo. Nem as bombas dos americanos, nem as baionetas de Hitler. Paolino escapou de tudo para ser padre no Brasil.

Ele gargalha quando diz que sobreviveu à Segunda Guerra Mundial, para ficar à beira de uma morte ridícula na Boca do Acre. Estava num mutirão de construção da igreja, escorregou do andaime e só não se espatifou porque a batina enganchou num vergalhão de ferro e o suspendeu a cinco metros do chão. O homem que está rindo de si próprio diante de mim é um ancião de 86 anos, metido numa batina bege tão surrada e remendada que desconfio ser a mesma que o salvou do tombo fatal.

— Acho que as pessoas aqui são de açúcar! — protesta, fingindo-se de bravo porque está trovejando e os fiéis ainda não saíram de casa por causa da chuva iminente.

As cadeiras de plástico estão dispostas ao redor do altar improvisado no pátio da capela. É dia da procissão de Santa Luzia, e o velho sacerdote italiano pega a bicicleta para sair pedalando pelas ruas de Sena Madureira, no interior do Acre, e ralhar com o povaréu.

Em poucos minutos, com chuva e tudo, a missa está apinhada.

— A fé tem que ser cultivada! — ensina, dizendo que rezar fortalece a convicção da crença. — Se até o Fernando Henrique rezou comigo! — gabou-se da façanha, como se fosse a confirmação máxima do temor a Deus.

— Como assim? — perguntei.

E ele então me contou, rindo com a boca banguela, que tinha ido a Brasília, integrando uma comissão dos povos da floresta numa audiência com o presidente da República. A reunião prosseguiu normalmente. O governante fez promessas e assinou documentos. Todos ficaram satisfeitos. Mas, ao final, padre Paolino pediu a palavra e disse que era hora de agradecer a Deus. Pegou a mão de Fernando Henrique e disse: "O senhor agora me puxe um pai-nosso". O presidente hesitou um pouco, mas, sem saída, liderou a oração: "Pai nosso que estais no céu...".

— Se ele era ateu, deixou de ser ali. Ninguém reza um pai-nosso impunemente!

Paolino gargalha de novo, deixando os presentes em dúvida sobre a veracidade do causo. Depois se despede, monta na bicicleta e, suando em bicas debaixo da batina espessa, some numa esquina de Sena Madureira, com uma chusma de moleques correndo atrás dele.

Sobre a Fé

No recuo de uma curva da estrada do Horto, que leva à famosa estátua de Padre Cícero, em Juazeiro do Norte (CE), uma pequena multidão de romeiros faz fila em frente a um monólito basáltico arredondado. A pedra tem uma falha, uma pequena concavidade, onde os fiéis vão embocando um joelho e depois o outro, na medida justa do encaixe.

— É milagrosa! — me diz uma mulher de terço em punho, explicando tratar-se do lugar onde Nossa Senhora fez uma genuflexão, deixando o formato de seu joelho moldado na pedra.

— E esteve mesmo aqui? — pergunto.

— Nossa Senhora andava pelo mundo, assim contavam os antigos — me esclarece a beata, dizendo-se curada da artrite por recorrer à marca do joelho da mãe de Deus. Uma caixa de madeira trancada a cadeado, com uma fenda para o depósito de esmolas, está sobre a pedra. Mas poucos romeiros fazem ofertas, a maioria segue adiante, ladeira acima, depois de encaixar os dois joelhos.

Há casas geminadas, de lado a lado, em toda a extensão da estrada. Posso ver, através das janelas abertas, as paredes fartamente decoradas com imagens de santos e santas e, claro, de padre Cícero Romão Batista, o padre excomungado, santo eleito pelo povo e renegado pelo Vaticano. Em algumas casas, posso ver também pequenos oratórios, sobre os quais repousam estatuetas de tamanhos variados, alternando os santos da preferência de cada um, mas nunca faltando nem Jesus, nem Maria, nem o padre Cícero.

Já ao pé da imensa estátua branca do padroeiro do sertão, no topo do Horto, uma fila serpenteia e avança sobre a escadaria. A presença de soldados do exército, supostamente para botar ordem na multidão, revela-se inteiramente supérflua diante do comportamento pacato dos romeiros. Um romeiro vestindo uma túnica branca, com chapéu de palha, cajado de madeira e uma faixa de pele de graxaim atravessada no peito, diz que está caracterizado de são João Batista para louvar o Padim.

As pessoas escrevem seu nome na estátua, deixam bilhetes e fitinhas coloridas enroladas em barbantes e tocam os enormes botões da batina, acreditando no poder curativo do toque. Em volta da bengala onde o padre Cícero de pedra apoia sua mão direita, os romeiros dão três voltas seguidas, espremendo-se entre a bengala e o corpo do Padim, acreditando que tal tarefa conceda as graças demandadas.

Peço a Deus pelos devotos. Às vezes penso que foi a fé do povo que salvou o Brasil.

Sobre Mangas e Cajus

Não me lembro de ter visto caju no pé quando eu era guri. As frutas da minha infância — que a gente apanhava em árvore — eram bergamota, laranja-de-umbigo e pitanga. Lá em casa tinha também uma parreira, um pessegueiro e uma pereira altíssima. Todas carregavam fartamente, mas os pêssegos davam bicho, uma larva branquinha que o piazedo catava para aporrinhar as gurias.

Caju e manga eram frutas de supermercado, vinham de longe e custavam os olhos da cara. A primeira manga que eu apanhei do pé e comi foi em Ribeirão Preto. Eu tinha 22 anos e ficava embasbacado com o mangueiral abundante nos quintais e nas ruas, o chão coalhado de pelotas ovaladas e amarelecidas, já passando do ponto de maturação, espalhando o aroma adocicado da fruta pela cidade inteira.

Não tinha isso no Sul, e eu não me continha em meu alumbramento solitário diante da festa de cheiros da frutificação. Como é que ninguém liga? Como é que ninguém ao menos se compraz da fertilidade quase pornográfica da natureza exibindo seu viço? Manga era café-pequeno para os ribeirão-pretanos, acostumados à orgia tropical das plantas. Mas, para um jovem sulista, acostumado às frutas de origem europeia, manga era manjar.

Na minha lista de iguarias vegetais, a manga está bem colocada, mas o caju está no topo, só perde para o palmito, que, obviamente, não é um fruto. Aliás, vim a saber — o que não me parecia tão óbvio assim — que o caju também não é um fruto. O fruto do cajueiro é a castanha, e o que eu pensava que era fruto é, na verdade, um pseudofruto. Essa informação não abalou o prestígio do caju junto ao meu paladar. O gosto desse acepipe não tem nada de pseudo, e pouco me importa o que os botânicos pensam a respeito.

Eu já era um barbado quando avistei, numa praça do interior de Goiás, no alto de uma árvore de folhas largas e tronco retorcido, uma pepita dourada, gigante, lustrosa, suspensa pelo pedúnculo, com a indefectível amêndoa em forma de feijão na extremidade. Ei-lo! O caju em estado natural, como os pêssegos e as peras da minha meninice.

Num zás, eu voltei a usar calças curtas. Não me importei com os passantes. Havia um doido trepado numa árvore da praça para apanhar um caju maduro. Apanhei. Mordi. Sorvi. E o gosto daquele primeiro caju apanhado ainda revolve minha memória palatal, que, no fundo, é o sabor da própria vida se manifestando. Um sabor que a gente, às vezes, se esquece de desfrutar.

Crônica Provinciana

Eu queria arredar esta crônica para um canto de página, como se arrasta uma cadeira para a calçada em frente a uma casa caiada. E esticar as pernas atirando os chinelos para os lados. E me espreguiçar para sentir a bafagem mormacenta de um veranico fora de hora. Ver o andejar das carolas aflitas com o horário da missa, o rodopio dos piões da molecada e o movimento de fole da saia plissada que as normalistas usam. Será que ainda usam? Sim, da minha cadeira posso vê-las. E posso ouvir o pregão do carroceiro que sobe a lomba, abarrotado de víveres, anunciando as ofertas do dia:

— Olha a melancia, olha a batata, olha o milho-verde, olha a moranga!

E as donas de casa acorrendo feito formigas, apalpando frutas e legumes que dali a pouco vão reforçar o almoço da vizinhança. Posso ver comadres trocando favores, cambiando café por açúcar, permutando informações domésticas e juntando pequenas fofocas ao repertório de escambos do bairro.

Vejo dois armarinhos geminados, o judeu e o libanês concorrendo lado a lado, numa negação implícita às diferenças ancestrais que os separam. Aqui, não. Aqui eles são do meu bairro, são vizinhos como eu, provincianos como eu e a minha crônica. Provincianos como cachaça com butiá, como banana amassada com canela, como arroz com galinha da colônia.

A província tem cheiro de carne de panela, de café feito no bule, de bolinho frito na banha. A província é feita de gentilezas, cumprimentos e afeições, por desconhecidos que se tornam íntimos de tanto se cruzar na rua a caminho do trabalho. Aqui o medo não invade a minha casa como um trem de passageiros desgovernado. Trem? Mas que tolice a minha, as cidades cresceram e acabaram com os seus trens de passageiros. Não na minha crônica provinciana. Aqui, ainda estou na gare da vila, à espera da locomotiva.

Porque não quero viver aflito para parecer moderno. Porque, mesmo no exílio da capital, quero continuar morando na cidade do interior, que minha infância guarda, talvez mais idealizada do que real, mas que faz com que eu sempre me reconheça quando alguém me chama de provinciano.

Agradecimentos

Devo a Nilson Vargas o fato de ter me tornado cronista. Em junho de 2002, ele era o editor chefe responsável pela criação do *Diário de Santa Maria* (RS) e me convidou para escrever uma coluna semanal de crônicas. Em 2006, recebi outro convite, dessa vez de João Garcia e Rosana Zaidan, para publicar meus textos em *A Cidade*, de Ribeirão Preto (SP).

Das mais de quinhentas crônicas que publiquei em jornais nos últimos onze anos, escolhi setenta que me pareceram escapar da fugacidade do jornalismo diário. Andreia Fontana recuperou os textos que o autor, um desorganizado compulsivo, jamais guardou. Liciane Brum e Francesco Ferrari fizeram a transcrição para Word, o que possibilitou a Sione Gomes pôr ordem na barafunda de colunas desordenadas, apontar discrepâncias e sugerir mudanças.

Ruth Farias Larré fez a revisão dos originais. Depois de lê-los, Michelle Loreto, Lúcia Ritzel e Jaime Medeiros Jr. me encorajaram a enfeixá-los em livro, o que só foi possível porque Sônia Bridi me pôs em contato com a Globo Livros. A todas essas pessoas, sou profundamente grato.

Este livro, composto na fonte Fairfield LH,
foi impresso em Pólen Soft 80g na Imprensa da Fé
São Paulo, Brasil, Outubro de 2013